의사의 향기

의사의 향기

유강목, 김선홍, 김성헌 장편소설

아로마테라피 향수의 비밀

다산글방

들어가며

공기에서 뇌를 거쳐 마음으로

인간의 코는 구조적으로 공기를 마셔 폐로 연결해 주고, 입은 음식을 먹는 기관으로 그 역할분담이 확실하게 되어 있습니다.

사람은 호흡을 통하여 산소를 외부로부터 공급받습니다. 산소는 체내에서 에너지를 만드는 데 필수적인 요소로 작용합니다. 호흡은 코로 하지만 그렇지 않은 경우도 있습니다. 입이나 피부 호흡이 그 예입니다.

공기 중에는 무수한 병균이나 미세먼지들이 섞여 있는데, 코에는 비강(콧구멍에서 목젖 윗부분에 이르는 콧속의 빈 곳) 내를 흐르는 점액과 섬모(가는 털)가 있어 그 공기를 여과하고 깨끗하게 해줍니다. 또한 얼굴뼈 속에는 수많은 부비강(콧속 주변의 작은 빈 공간)들이 있어 몸에 들어오는 공기의 온도와 습도를 조절해 주기도 합니다.

이처럼 콧속의 여러 기관들이 적재적소에서 제 역할을 하면서 들이마신 공기를 정화하고, 온도와 습도를 적절하게 맞춰주고 나쁜 오염된 공기나 음식 등의 냄새를 신경신호로 뇌에 전달하여, 폐나 다른 기관에 나쁜 영향을 미치지 않도록 해줍니다. 즉, 코라는 기관은 인간의 면역기능을 정상으로 유지시켜 주는 키맨과 같이 매우 중요한 역할을 하는 것입니다.

 이 소설은 냄새를 보는 관점을 네 개의 주제로 이야기를 풀어갑니다. 역사, 철학, 신경과학 그리고 심리학이 그것들입니다. 고대인들과 현대인들의 향기에 대한 역사를 얘기하였고, 향수, 권력에 대한 철학적 사고에 대해 고민해 봤습니다.
 그리고 현대의 우리가 냄새와 후각 경로에 대해 이해하고 있는 내용들을 신경과학적으로 옮겨 놓았습니다. 일반적으로 더 중요시 여겼던 시각을 중심으로 운영되던 뇌 연구 분야에 어떻게 후각 연구가 시각 못지않게 중요성을 인정받으며 꾸준히 진행되어 왔는지를 설명하였습니다.

마지막으로 마음의 한 요소로서 냄새의 필요성과 사용에 대한 다른 관점을 등장인물들 간의 심리적 갈등을 통하여 소설화 시켰습니다.

아로마는 '향이 나는 약'이라고 표현하기도 합니다.

향은 '기분이 좋다', '생기가 난다', '사랑한다', '나른하다' 등의 의식과 무의식의 세계를 넘나들며 사람의 마음과 몸을 움직입니다. 우리는 향에 대해 매우 민감하게 반응합니다.

이 자연의 향을 올바르게 사용하고 적용하여 많은 사람들에게 건강과 즐거움을 서로 나누어 주셨으면 좋겠다는 생각입니다.

　이 아름다운 향기에 대한 역사와 과학을 관통하는 즐거움의 후각 여행을 많은 독자분들이 다 같이 즐길 수 있으시기를 바랍니다.

차례

<제1부>

세상에서 가장 평범한 살인자 _ 13
세인트 마리아 병원 _ 21
1980년, 지리산 기슭 _ 25
우리 밖의 세상 _ 42
서울생활 _ 47
막다른 길에서 _ 55
돌아올 수 없는 강 _ 59
한 끼 밥보다 중요한 것 _ 66
냄새에 대하여 _ 69
향수의 역사 _ 76
갈림길 _ 84
향수의 기원 _ 88
비밀무기 _ 94
예상치 못한 승리 _ 98
새로운 인생 _ 103

<제2부>

의사의 마음가짐 _ 111
아로마에 대한 진심 _ 114
아로마테라피 _ 116
아로마 효과 1 : 사랑 _ 120
아로마 효과 2 : 결혼 _ 132
아로마 효과 3 : 종결 _ 135
파경 _ 141
교수 기질 _ 144
정자의 후각 _ 155
환자를 위한 노력 _ 158

<제3부>

운명적인 만남 _ 163

아프로디테 이야기 _ 168

홍 교수의 확신 _ 172

아로마의 새로운 세상 _ 179

전설의 향수 _ 183

숨겨진 재료 _ 189

끝없는 좌절 _ 195

향수의 악보 _ 202

마지막 질문 _ 210

홍 교수의 슬픔 _ 214

안락사 _ 220

사이프러스 경찰청 _ 226

[참고자료] _ 231

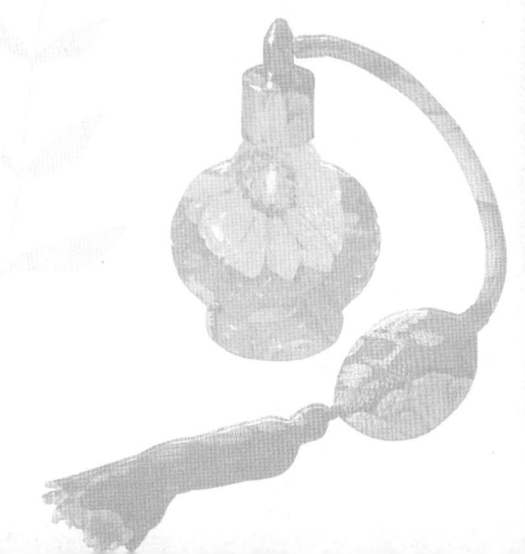

이 소설에 등장하는 사건, 장소, 인물, 배경,
아로마 사용에 대한 이벤트들은
모두 창작에 의한 허구의 내용임을 미리 밝혀 둡니다.

제1부

세상에서 가장 평범한 살인자

사랑은 묘약이라고 한다. 사람을 한 순간에 취하게도 만들고, 완전히 다른 사람으로 만들기도 하니까.

살면서 한 번쯤 뜨거운 사랑에 빠져보았던 사람은 누구나 이 말을 이해할 것이다. 그런 만큼 이 사랑이라는 감정은 일생에 한 번 다가올까 말까 한 것이다. 누군가는 이 감정이 더 이상 자신에게 찾아오지 않음에 대해 서글퍼 하기도 한다. 하지만 사랑은 가끔 폭군 같은 감정을 몰고 오기도 하고, 누군가를 살해할 동기가 되기도 한다. 그것도 아주 잔인한 방법으로.

찰스 경위는 며칠째 피의자를 심문하며 그런 생각을 했다. 지금 그의 눈앞에 앉아 있는 남자는 누가 봐도 평범한 외모의 남자다. 그런데 살인자라니. 찰스 경위는 고개를 설레설레 저었다.

이 사건은 유명 향수회사인 '스텔라'의 CEO 스텔라 아비세나와 그녀와 내연관계에 있던 남자친구 존슨이 의문의 살해를 당한 것으로부터 시작되었다.

유명 기업의 CEO이자 빼어난 미모를 지니고 있던 스텔라는 당대의 톱스타였고, 그만큼 그녀를 따르는 남자들이 많아 언제나 스캔들로 신문 기사에 오르내리곤 했다. 그리고 집권 여당의 당 대표로 차기 대권까지 노릴 만큼 승승장구하고 있었다.

그런 만큼 그녀와 그녀의 남자친구 살해사건은 세상을 떠들썩하게 하는 일이었다. 신문, 방송은 연일 그녀의 기사로 도배되고 있었다.

그녀와 그녀의 남자친구를 살해한 용의자는 다름 아닌, 그녀와 10년 동안 연인 관계였던 또 다른 남자, 마이클이었다. 선한 눈매에 단정한 옷차림을 한 그는 누가 봐도 살인이란 단어와는 거리가 멀어 보였다. 마이클은 전형적인 프랑스 미남이었고 학

벌도 좋았다. 그리고 모두가 부러워하는 특허청 소속으로 일하고 있었다.

찰스 경위는 그동안의 수사 경험으로 살인자는 항상 이렇듯 평범한 외모를 가지고 있다는 사실을 잘 알고 있었다. 그가 전혀 살인자 같아 보이지 않는다는 사실은 새삼스럽지 않았다. 다만…

"이름?"

찰스 경위는 컴퓨터 자판을 빠른 속도로 두드리며 질문을 이어갔다.

"마이클입니다."

"직업은?"

"현재 특허청에서 심사관으로 일하고 있습니다."

"그러니까 스텔라를 죽인 이유가 단지 화가 나서라고?"

찰스 경위는 짜증이 난다는 듯 볼펜을 책상에 던졌다.

찰스 경위가 용의자를 향해 다시 물었다.

"살인 이유가 정확히 뭐야?"

마이클은 비극의 주인공처럼 자신의 억울함을 토로했다.

"정말 화가 났어요. 지난 10년 동안 사랑했는데, 어떻게 나를 그렇게 배신할 수 있단 말이죠?"

'조서를 꾸밀 때 '사랑 때문에 살해함'이라고 적어야 하나?'

찰스 경위는 한숨을 쉬며 속으로 이렇게 되뇌었다.

마이클은 그녀가 자신 외에도 10여 명의 다른 남자와 관계를 갖는 색마라고 고성을 질렀다.

스텔라는 우크라이나인이긴 하지만 약 1천 년 전에 페르시아로 이주한 아비세나 가문에서 태어났다. 그녀의 집안은 페르시아에서 오랜 기간 대를 이은 의사 집안으로 유명했고, 아로마테라피 등 대체의학 관련 연구기관과 회사를 운영하고 있었는데, 이란 정부가 탄생한 이후 2차 세계대전으로 정국이 혼란스러워지자 사이프러스로 이민을 갔다. 그리고 현재 스텔라의 남편 또한 인도에서 현직으로 활동하는 국회의원이었다.

"스텔라는 특별히 제조한 최음제로 사람을 매혹시켜 정치적인 인기를 얻었고, 비슷한 향수 회사를 만들어 돈을 어마어마하게 벌었어요."

마이클은 마치 특별한 이야기를 들려주겠다는 듯 찰스 경위에게 말했다.

"특별히 제조한 최음제?"

"예. 5년 전에 한국에서 온 사람의 췌장을 제가 빼서 주었거든요."

"산 사람의 췌장을? 향수 같은 건가?"

"예. 향수병에 들어 있었어요."

"어떻게 생긴 거지?"

"비취색 크리스탈병에 담겨있었던 걸로 기억해요."

"어디에 있지?"

찰스 경위는 직업의식 때문에 티를 내지는 않았지만, 이 이야기가 참으로 흥미롭다고 생각했다.

"그건 잘 몰라요. 항상 소지하고 다녔고, 보관하는 금고가 있다고 했어요."

"췌장은 어떻게 했어?"

찰스 경위는 마이클에게 독촉하듯 물었다.

마이클은 솔직하게 모든 걸 말했다.

"안락사 후 장기기증 하는 시체를 화장터로 옮기기 전, 췌장을 빼내어 스텔라에게 가져다주었어요. 그 사람의 췌장이 있어야 향수가 완성이 된다고 했어요."

"안락사가 시행된 장소가 어디지?"

"세인트 마리아 병원이에요."

'췌장을 넣은 향수라….'

찰스 경위는 수많은 사건을 맡아왔지만 이처럼 독특한 사건은 처음이었다. 어째서 한 사람의 췌장이 살인 동기가 될 수 있지?

찰스 경위가 그런 생각을 하는 동안, 마이클은 마치 최후의 고발이라도 하듯 스텔라를 계속해서 몰아붙였다.

"그녀는 색마이자 살인자입니다."

더 두고 볼 것 없다는 말투였다. 자신이 살인자로 몰리는 현재 상황은 아랑곳하지 않는 듯 보였다. 마이클은 "그년은 스스로가 클레오파트라인 줄 안다"고 목에 핏대를 세우며 말했다.

"5년 전 그 한국인의 췌장으로 만든 향수가 다 떨어졌어요. 당연히 스텔라는 새로운 췌장 기증자를 찾아서 뒤지고 또 뒤졌죠."

"하하! 이게 말이 돼?"

"지금 남자친구를 살해한 것도 그 여자 짓이에요."

"나랑 싸우다 그녀가 먼저 총을 꺼냈고, 저는 정당방위로 칼로 찔렀죠. 하지만 제가 찌른 건 스텔라뿐이고 그 남자는 죽이지 않

앉아요."

"이건 신께 정말 맹세할 수 있어요, 사체에 어떤 흔적도 없다는 걸 확인해 보시면 알 수 있어요. 그 여자가 독으로 죽인 게 틀림없어요."

"독이라는 증거가 있어?"

찰스 경위가 따지듯 물었다.

"어떻게 했는지는 모르겠지만, 그 여자가 한 짓은 정말 섬뜩해요. 아무 췌장이나 쓰는 게 아니라 아로마 향에 많이 노출된 조향사나 아로마 스페셜리스트만 찾아서 죽인다고요."

"확실해?"

"스텔라는 그 남자를 네덜란드에서 데려왔다고 했어요. 불치병이라고 하면서 췌장을 기부하기로 했다고 했어요."

"그 두 사람은 얼마나 사귀었지?"

"6개월 정도 된 걸로 알고 있어요."

"그럼 불치병으로 여기에 오게 된 거라는 거야?"

"저는 절대 남자는 안 죽였어요. 그리고 그 여자는 죽어도 싸다고요."

마이클은 계속 울부짖었다.

"그 여자는 악마예요. 저에게 그 남자 췌장을 빼내 달라고 부탁했거든요."

"그래서?"

"아무리 불치병에 걸린 환자지만 살아 있는 사람의 장기를 어떻게 빼내요."

"그러다 싸우게 된 거라는 거야?"

"예. 사실이에요."

마이클은 자신의 억울함에 울분을 토해냈다.

'정말 이상한 부분이 많군.'

찰스 경위는 부검소견서를 보면서 고개를 갸우뚱하며 머리를 가로저었다.

세인트 마리아 병원

찰스 경위는 수소문 끝에 5년 전 안락사를 집도하였던 세인트 마리아 병원의 닥터 요한을 찾아갔다.

머리가 하얗고, 뚱뚱한 60대의 남성 의사가 돋보기 너머로 찰스 경위를 보더니, 의자에 앉으라는 손짓을 했다.

"무슨 일이시죠?"

"선생님. 몇 가지 질문을 드리러 왔습니다."

찰스 경위는 책과 논문 등으로 어지러운 책상을 보다 눈길을 책장 쪽으로 돌리며 말을 꺼냈다.

"5년 전 한국에서 온 닥터 홍의 안락사를 집도하셨던 기억이 있으신가요?"

"예, 동양인이라 잘 기억하고 있습니다."

그러고는 기억을 더듬는 듯 잠시 머뭇거리더니 말문을 열었다.

"폐암 말기 환자였고, 안락사와 함께 각막, 신장을 기증하였던 걸로 기억하고 있습니다."

"그분께서 췌장은 기증 안 하셨나요?"

찰스 경위가 재촉하듯 물었다.

"그분은 나머지 시신은 스텔라에게 맡겨 화장을 해 달라고 했습니다. 그분들이 시신을 어떻게 했는지는 잘 모르겠습니다만, 장례를 치러준다고 했던 걸로 기억합니다."

"어떻게 그렇게 정확히 기억하시나요?"

찰스 경위가 다시 따지듯이 물었다.

"저희는 안락사를 시행하기 전에 세 명의 의사가 앉아 있는 상태에서 본인과의 대화내용을 동영상으로 녹화를 하거든요. 원하시면 확인해 보셔도 됩니다."

"그 영상 아직도 있나요?"

"예 법적으로 10년 동안 보관을 해야 하니까 찾아보면 있을 겁니다. 잠시만요."

닥터 요한은 PC화면에 거의 닿을 듯 얼굴을 대고, 파일들을 뒤적이더니 말했다.

"아! 여기 있네요."

닥터 요한은 보관 위치를 확인한 후 어딘가로 전화를 걸었다.

"예, 간호사님, 저희 지하 보관 창고 동영상 보관실에서 2-FBF3 좀 가져다 주세요."

몇 분 뒤 간호사가 자료 박스를 가져왔고, 닥터 요한은 자료의 라벨을 확인한 후 찰스 경위에게 건네주었다.

"그럼, 잠시 빌렸다가 돌려 드리겠습니다."

찰스 경위는 동영상 녹화 테이프를 가방에 집어넣고는 닥터 요한의 방을 나섰다.

경찰청으로 돌아온 찰스 경위는 영상실로 들어와 재빨리 테이프를 비디오플레이어에 집어넣었다.

화면이 돌아가기 시작하자, 세 명의 의사가 둘러 앉아 있는 모습이 보였다.

"홍기호 씨 본인 맞습니까?"

차트를 넘기는 손이 분주하다.

"예, 맞습니다."

"본인이 여기 오신 이유를 알고 있습니까?"

"예. 알고 있습니다. 저도 의사입니다."

"어떻게 여기까지 오셨는지요?"

"안락사를 선택하신 이유나 과정을 설명해 주시겠습니까?"

"예, 알겠습니다."

"저는 한국의 경남 하동군 평촌리에서 태어났습니다…"

1980년, 지리산 기슭

홍기호는 태어난 후부터 초등학교 시절까지 하동군 평촌리에서 자랐다. 가난한 부모님을 따라 지리산 밑에 화전을 일구고 농막 같은 집에서 겨우겨우 끼니를 때우면서 하루하루 다섯 식구가 함께 살았다.

홍기호에게 가난한 시골 생활은 오직 증오의 대상이었다. 좋을 것이라고는 정말 아무것도 없는.

특히 한밤중 화장실이 가고 싶을 때 마당 앞에 있는 퇴비 더미에 급하게 소변을 누고 뛰어 돌아올 때면 주위의 어둠은 늘 공포 그 자체였다.

낡아빠진 문에서 나는 소리, 강한 바람으로 감나무 잎들이 서로 부딪혀 나는 소리, 헐거운 고무신이 질질 끌리며 나는 마당의 자갈 소리도 짜증나고 무서울 뿐이었다.

세 살 때는 폐렴으로 죽을 고비를 넘기기도 했다. 숨까지 멎으려 할 때 마지막 수단으로 가슴을 손으로 여러 번 쳤는데 다행히 숨이 되돌아왔다고 아버지는 늘 말씀하셨다.

어느 날 아버지가 집 뒤의 산자락에 있는 텃밭에서 그를 소리 높여 부르는 소리가 들렸다.
"기호야, 이리로 올라와 봐라."
"왜요?"
"아빠 좀 도와줘."
그는 무거운 몸을 이끌고 산자락을 올라가서 아버지와 함께 밭을 갈았다. 그러나 무더운 땡볕에 못 이겨 곧 주저앉았다.
묵묵히 일을 하던 그의 아버지는 잠시 후 흙 한 줌을 집어 입에 대고 맛을 보았다.
"밭이 잘 갈렸군. 이 냄새와 맛은 정말 특별하지."

홍기호는 그런 아버지 모습을 도저히 이해할 수 없었다.

"흙은 이런 냄새가 나야 곡식이 잘 자라는 거란다."

잠시 후 아버지는 그에게도 냄새를 맡게 했다. 그는 온 인상을 찌푸리며 고개를 돌려 억지로 냄새를 맡았다. 흙과 퇴비가 섞여 나는 냄새는 구역질이 올라올 정도로 역겨웠다.

집 뒤에 있는 아궁이에서 여물을 삶아 쇠죽을 만드는 일은 항상 그의 몫이었는데, 그 일 또한 그에게는 매우 곤욕이었다. 배가 고파 죽겠는데 소가 대체 뭐라고, 소를 위해 매일 아궁이 앞에 앉아 지겹도록 쇠죽을 만든단 말인가?

그렇지만 무슨 일이든 오래 하면 익숙해지는 것인지, 몇 해가 지난 후엔 쇠죽 냄새만으로도 죽이 다 되었는지 짐작을 할 수 있었다. 코로 맛있는 냄새가 솔솔 풍겨왔다.

홍기호는 쇠죽을 빈 통에 담아 외양간으로 옮겼다. 외양간으로 옮기는 중 손에 찍어 맛을 보았다.

"냄새로 예상은 했지만 나물 삶은 맛이 잘 퍼져 있네."

맛을 보면서도 마음 한구석에 또다시 지긋지긋한 시골 생활의 염증이 몰려왔다.

"너는 나보다 낫다. 매끼 배부르게 먹으니."

홍기호는 외양간 한켠에 누워서 되새김질하는 소의 혀를 보며 말했다.

얼마 후 그는 영양실조로 야맹증에 걸렸다. 밤이면 옆 사람도 보이지 않았고, 길도 구별할 수 없었다. 불빛이 없으면 하늘 외에는 아무것도 보이지 않았다. 밤길에는 어머니의 팔을 잡고 걸으며 더듬더듬 다녀야 했다.

2주간을 고생하다가 어머니가 주신 고기를 먹고 다행히 나을 수 있었다. 생간은 그때가 처음이었다. 피비린내가 진동했지만 어머니가 약이라고 하시며, 소금기름장에 찍어서 입에 넣어 주시는 생간을 먹지 않을 수는 없었다. 고기로 끓인 국은 맛있게 먹을 수 있었다. 아니 고기를 먹을 수 있다는 것 자체가 신기한 일이었다.

"아버지, 근데 누렁이가 보이지 않아요."

"글쎄… 어째 며칠 전부터 보이지가 않네…."

아버지는 모르는 척 말끝을 흐렸다.

혹시 자신이 먹은 게 누렁이가 아닐까 하는 생각에 걱정이 되었고, 이내 구역질이 났다.

"어떻게 집에서 기르는…."

아버지가 한없이 원망스럽고 미웠다.

홍기호는 이 깡촌을 벗어날 유일한 방법은 오로지 공부뿐이라고 생각했다.

그는 책을 본다는 핑계로 자기가 해야 할 일을 동생에게 떠넘겼다. 좋은 구실이었다. 쇠죽을 만들면서 책을 보는 척을 하면 자기가 해야 할 일이 동생에게로 갔다. 그럴 때마다 마음속으로 다짐했다.

"나는 절대 엄마 아빠처럼은 안 살 거야! 꼭 여기를 떠나고야 말 거야."

기호는 지금이 1980년대라는 건 알고 있었지만, 당시의 바깥세상이 어떻게 생겼는지 전혀 몰랐다. 그저 아침에 눈을 떠서 보는 것이 세상의 전부였다.

학교에 들어가기 전에는 배고픔에 지쳐 눈 비비고 일어나 물을 한 바가지 마시는 것이 하루의 시작이었고, 산과 들로 돌아다니며 땔감과 먹을거리를 찾다가 해가 지면 집으로 돌아오는 것이 하루 일과의 끝이었다.

초등학교에 들어가고부터 기호의 세상은 약간 넓어졌다. 학교는 산을 내려가 다리를 건너고 논둑을 지나 비포장도로를 한 시간여 걸어가면 도착할 수 있었다. 5km 거리였지만 친구들과 같이 뛰고 달리다 보면 어느새 학교에 닿았다.

학교에서 방과 후 공부를 하면서 선생님께서 나눠 주시는 건빵 한 봉지를 기다리며 시간을 보내기도 하였다. 홍기호의 온 신경은 건빵 배급에 가 있었다. 눈 빠지게 기다리다 건빵 한 봉지를 받아 가슴에 안으면 너무 행복했다. 건빵 안에 들어 있는 별 사탕은 세상에서 제일 달콤하고 아름다운 맛이었다.

친구들과 장난치다 실수로 운동장 바닥에 떨어뜨린 건빵 하나도 아까워서 재빨리 주워 흙을 털어 한입에 넣었다. 입안에서 건빵과 같이 씹히는 모래도 소화를 시킬 수 있을 듯했다. 남겨온 건빵은 저녁밥을 다 먹고 다른 가족들 몰래 하나씩 빼서 먹었다. 건빵을 먹고 물을 마시면 세 배, 네 배로 불어나기 때문에 배고파서 잠에서 깨는 일이 적었다.

기호가 고학년이 될 때쯤 여동생 현정이도 초등학교에 입학을 하게 되었고, 그때부터는 경욱이 형, 또래인 마을 친구 유담이,

현정이까지 등굣길을 함께 하게 되었다. 매일매일이 새로운 여행인 것처럼 신나게 달리고 뛰면서 다녔다.

기호네 식구가 살던 집은 초가집에다 방이 하나뿐이었고, 다섯 식구가 송장처럼 누워야만 겨우 잘 수 있는 크기였다. 밥상에 올라오는 것은 보리밥, 옥수수, 오떡 아니면 감자 칼국수였다. 옥수수를 꺾어 한 솥 삶으면 그것이 점심밥이었고, 감자를 한 솥 쪄 내면 그게 바로 저녁이었다.

"엄마 우리도 쌀밥 먹으면 안 돼? 나 감자 너무 싫어."

"이놈이 아직 정신을 못 차렸구나. 먹기 싫으면 먹지 마."

그럴 때마다 아버지께선 호통을 치셨다.

밥상에서 쫓겨난 기호를 챙겨 주는 건 늘 어머니였다.

"배고프면 밤에 잘 때 힘드니까 옥수수라도 먹어. 엄마가 내일 쌀밥 해서 줄게."

"… 응."

그렇게 먹은 옥수수는 너무 맛있었다.

"왜 이렇게 옥수수가 맛있는 거야…."

옥수수를 베어 물면서 한없이 흐르는 눈물에 목이 메었다.

산비탈 밭농사로 매일 고생하시는 아버지와 어머니의 고단한 삶이었지만, 좁은 방에서 나는 서까래 냄새와 막냇동생의 아기 냄새는 나의 고단한 하루를 편안하게 잠들게 하는 향기였다.

"기호야, 밥 먹었냐? 빨리 가자."
아랫집 경욱이 형이 문밖에서 소리를 질렀다.
"응. 형, 나갈게."
현정이의 자기도 따라간다는 아우성을 못들은 척 뒤로 하고 서둘러 고무신을 끌면서 뛰쳐나가곤 했다.

그 당시 기호네 집에는 아직 없었지만, 마을에 전기가 들어온 것은 초등학교 4학년쯤이었다. 세상이 그렇게 새롭고 신기할 수 없었다. 전기불이 또 다른 세상을 만나게 해 주었다.

산 밑 동네에는 흑백텔레비전을 산 집이 있었는데 바로 면장님 댁이었다. 저녁을 먹으면 그 집으로 달음질쳐 가서 옹기종기 모여 텔레비전을 보는 것이 큰 즐거움이었다.

그렇게 지내던 중 그의 인생에서 전환점이 되는 사건이 있었는데, 그것은 바로 초등학교 6학년 말 쯤 담임선생님이 가정 방문을 오신 것이었다.

"반갑습니다. 선생님. 혹시 우리 기호가 무슨 사고라도 친 건 아닌가요?"

그의 부모님은 우선 걱정부터 했다. 하지만 선생님은 걱정하시지 말라는 듯 얼굴에 한껏 웃음을 띠고 말했다.

"아닙니다. 제가 기호 부모님을 뵈러 온 이유는 다른 건 아니고, 지금 기호가 6학년이라 중학교 진학 문제로 부모님께 의논드리고자 찾아뵈었습니다."

"그렇지 않아도 기호가 계속 중학교를 사립중학교로 보내 달라고 울면서 얼마나 떼를 쓰던지…. 하지만 선생님도 보시다시피 저희 집 형편이 좋지 못 해서 안 된다고 했습니다만 기호가 많이 상처를 받았을까 걱정이네요."

그의 어머니는 자식 교육에 돈을 쓸 수 없는 집안 형편에 대해 그렇게 하소연했다.

"네, 그래서 그런지 기호가 많이 기가 죽어 있습니다. 기호 어머니도 아시겠지만 기호는 성적이 너무 좋고 영특한 편이라 이곳에서 중학교 보내기는 많이 아까운 인재입니다. 그런데 이번에 군에서 성적이 우수한 학생들을 지역장학금으로 학비를 지원해

주는 기회가 생겨 오늘 말씀드리고 싶어서 직접 찾아오게 되었습니다."

"장학금이라고요?"

어머니가 놀라며 물었다.

"그럼, 저희 집에서 따로 비용이 들어가는 것은 없는 건가요?"

어머니는 노파심에 한 번 더 물었다. 담임선생님은 그런 어머니를 안심시켰다.

"네, 기호가 3년 동안 지내는 기숙사와 학비는 전부 지원해 주어서 공주에 있는 사립중학교로 보내시더라도 집에는 부담이 없으실 거예요."

"아이고, 선생님. 정말 감사합니다."

기호는 자신이 사립중학교를 갈 수 있다는 소식에 뛸 듯이 기뻤다. 아니, 사실은 이 시골을 벗어난다는 생각만으로도 행복했다. 더 이상 땅 냄새를 구별하거나 쇠죽 냄새를 맡지 않아도 되고, 아랫집에서 올라오는 장작 타는 연기 냄새에서도 자유로워질 것 같았으니까.

아랫집 경욱이 형네 쌀밥 뜸 들이는 냄새가 너무 부러웠다. 아니 정확히는 냄새보다 배고픔과의 싸움이 싫었다.

홍기호에게 있어 단 하나의 위안은 논밭 들판에 흐드러지게 피어 있는 이름 모를 풀과 꽃들의 냄새를 기억하는 것이었다. 그 자연의 향기를 맡으며 풀밭에 드러누워 청명한 하늘을 보면 마음과 몸이 편안해지곤 했다. 그는 그렇게 점점 자연의 냄새에 길들어 갔다.

기호는 시골을 떠나기 전에 산골에서 지내는 자신만의 보릿고개 생존법을 동생에게 알려주기로 결심했다.
"현정아, 나 따라와."
"오빠 어디 가는데?"
현정이는 눈을 비비며 볼멘소리를 했다.
"가보면 알아."
기호가 무뚝뚝하게 답하며 앞서자 현정이가 뒤쳐질 세라 따라 나왔다. 항상 오빠를 영웅처럼 생각하며 잘 따라다니는 착한 여동생이었다.
초봄의 맑은 아침, 이슬을 차며 산길을 걸었다. 여동생은 자기 발보다 큰 고무신을 신고 다람쥐처럼 바위 사이사이를 성큼성큼 올라왔다.

옷깃을 흠뻑 적시는 아침 이슬로 금세 바지가 젖어 들었다.

"안 추워?"

기호는 현정이의 젖은 바지를 털어 주었다.

"오빠, 이슬은 밤새 하늘에서 내린 거야, 땅에서 솟아난 거야?"

현정이가 눈을 껌뻑이며 물었다.

"말 많이 하면 배고파."

기호는 숨을 고치고 귀찮다는 듯이 말했다.

흙과 풀과 나무와 돌이 향기로운 숨을 쉰다. 부드럽고 연하기만 하던 봄풀이 어느 새 억세고 짙푸른 숲으로 변해 있었다. 산길이 무릎을 넘는 풀로 가득한 오솔길을 올라 제법 평평한 산기슭에 도착하였다.

커다란 소나무를 칭칭 휘감은 넝쿨이 어지간한 어른 팔뚝보다 훨씬 굵었다.

"바로 이거야. 암칡."

기호는 주변 반경 2미터 정도를 정돈한 뒤 본격적으로 작업을 시작했다.

땀을 뻘뻘 흘리며 한참을 작업한 끝에 커다란 도깨비 방망이처럼 생긴 칡뿌리를 캘 수 있었다.

"먹어봐."

"여기에 있는 밥집을 먹으면 허기를 달래 줄 거야."

기호는 땀을 연실 훔치며 알려주었다.

"오빠, 향긋하고 단맛도 있고… 쌀 같은 게 씹히는데?"

현정이가 한 입 베어 물더니 말했다.

"그래 봄에는 이 칡이 최고의 간식이야."

"배부르게 먹을 수 있네. 신기하게 밥 같아."

현정이의 얼굴에 환한 웃음이 가득했다.

"그래 많이 먹어."

자기 덕분에 동생이 배부르다는 생각에 기호의 기분이 우쭐해졌다.

이번에는 냄새를 따라 이동했다.

"이게 당귀야. 냄새를 알 수 있겠어?"

"응! 이 냄새 알지."

"그리고 이 꽃은 인동 꽃이야."

기호가 바로 옆에 있는 꽃을 가리키며 설명했다.

"인동 꽃은 처음 필 때에는 흰색이다가 며칠 지나면 노란 색으로 변해. 그래서 자세히 살펴보지 않으면 한 줄기에 흰 꽃과 노랑 꽃이 섞여 피는 것으로 보여."

"이 꽃은 예쁘고 기분 좋은 향기가 난다."

현정이는 코를 가져다 대며 연신 신기하다는 듯, 쉴 새 없이 조잘댔다.

"인동 꽃 속에는 향기보다 더 달콤한 꿀이 많아 벌들이 많이 찾아와. 그래서 인동 꽃 주위는 벌들의 날갯짓 소리로 늘 소란스러워."

"꽃을 따서 거꾸로 물고 쪽 빨아들이면 단물이 입안으로 쏙 들어와. 한번 먹어봐."

"별 사탕 맛인데? 맛있다."

"자, 이제 이리로 와 봐."

기호가 산기슭에 있는 나무를 가리키며 말했다.

"솔은 잘 알지? 이렇게 생겨야 해."

"오빠, 난… 난 이거 싫어."

현정이가 고개를 저으며 대답한다.

"그래… 나도 엄마가 해주는 솔떡이 싫었어. 아니 지겨웠어."

어머니는 소나무 속껍질인 송기를 벗겨 내어 삶고 물에 씻어서 떫은맛을 없앤 다음 수수가루, 옥수수가루, 좁쌀가루 등을 섞어서 떡을 만들곤 했는데, 그냥 먹으면 변비에 걸리기 쉬우므로 느릅나무 껍질을 우려낸 즙과 함께 먹거나 설사약인 피마자기름을 많이 발라서 먹기도 했다.

"현정아, 여기 봐봐."

어느덧 산을 거의 다 내려왔다.

"이게 오이풀이야."

기호가 오이풀을 한 움큼 손으로 뜯어서 동생에게 건넸다.

"진짜 오이보다 더 진한 오이 냄새가 나네."

"오이 냄새 비슷하기도 하고 수박 냄새 같기도 한데, 진짜 오이보다 오이 냄새가 더 진하게 나는 이 풀을 오이풀이라고 해."

"물기가 있는 논둑이나 밭둑 같은 데 흔히 자라. 갈색 빛깔이 나는 제법 굵은 뿌리가 달려있지."

"화상을 입으면 이 풀 뿌리를 으깨어 볶아서 참기름을 넣고 바르면 돼."

"신기하네."

"그리고 이거는 진달래. 이거는 먹어도 돼."

기호가 주위를 둘러보며 말했다.

"나도 알아, 오빠. 근데 아빠가 먹을수록 배고프다고 먹지 말라고 하셨어."

"나는 학교 끝나고 집으로 돌아오는 오솔길 옆 양지 바른 곳에 붉게 핀 진달래를 유담이랑 엄청 따 먹었어. 엄마한테 가져다주면 화전을 만들어 주실 거야."

"응…. 그거 엄청 맛있잖아."

"그래 맛있지."

기호는 그렇게 대답했지만 우울한 생각이 교차되어 떠올랐다.

'아침 먹고 온 놈 손들어!'

학교에 등교하면 선생님이 이렇게 말했다.

"또 시작이네."

기호는 속으로 중얼거렸다. 그 질문이 제일 싫었다.

손 드는 놈은 면장 아들과 김가네 아들이었고, 나머지는 서로 얼굴을 쳐다보며 눈치만 봤다.

진달래가 피는 봄이면 항상 배고픈 기억이 먼저 떠올랐고, 현정이에게 이 배고픈 시절을 지내는 방법을 알려주고 싶었다.

어머니는 진달래가 피는 계절이면 찹쌀가루에 진달래꽃을 얹어 부치는 화전을 비롯해서 밀가루에 진달래꽃을 따다 섞어 뽑는 진달래꽃 국수도 만들어 주었고, 여기에 더해 진달래 떡까지 해 주셨다. 그래서 봄이면 곳곳에서 진달래 축제가 벌어졌다.

  봄에는 그 외에 다른 먹거리가 없었기 때문이었다.

우리 밖의 세상

홍기호는 산골에서의 유년시절을 뒤로 하고, 공주에서 중학교 생활을 시작했다.

중학교 생활에서 가장 행복했던 것은 기숙사에서 주는 하얀 쌀밥이었다. 새하얀 쌀밥은 머얼건 된장국만으로도 행복했다.

책만 열심히 보면 되고, 책을 통해 알게 된 것으로 시험만 보면 된다는 것이 정말 신기했다. 더는 쇠죽을 안 끓이고, 밭일도 안 할 수 있었고, 가만히 앉아서 책만 보고 주는 밥만 먹으면 되는 세상이 너무 좋았다.

그런데 문제는 밥을 항상 너무 많이 먹어 늘 속이 더부룩하다는 것이었다. 중학교에 올라와서 갑자기 식사량이 늘게 되자, 위와 장에서 과부하가 걸린 듯 뱃속은 항상 가스로 가득하였다. 그 결과 중학교에 입학해서 얻은 첫 번째 별명은 바로 방귀쟁이였다.

"기호야, 너 밥을 몇 번째 먹는 거야?"

같은 방 친구가 신기하다는 듯 쳐다보았다.

"응… 배는 부른데 식당에 밥이 남아 있는 거 같아서… 버리면 아깝잖아."

기호는 식판에 밥을 퍼 담으며 아무도 없는 주변을 쳐다보고는 대답했다.

"별 걱정을 다 하네. 그러니까 계속 방귀가 나오지, 인마."

"그러게."

"너 아침에도 우유 남은 거 다 먹었지?"

"응… 안 먹으면 버려야 하잖아."

"그렇다고 10개나 먹냐."

"……."

'난 방귀쟁이라도 밥을 많이 먹을 거야.'

기호는 그렇게 속으로 되뇌었다. 성장기에 접어든 시골 학생의 식욕은 끝이 없었다.

친구들과의 교우관계는 원만한 편이었다. 특히 자신이 촌에서 어떻게 살아왔는지 얘기를 해주면 친구들은 신기해하며, 그에게 많은 관심을 가져주었다. 그러다 보니 친구들과 빠르게 친해질 수 있었다.
가장 빨리 친해진 친구는 성환이었는데, 그 친구는 부여 출신으로, 공주로 유학 온 학생들이 모여 촌을 이룬 반죽동 하숙 마을에서 지내고 있었다.
기호는 처음에는 기숙사 생활을 했지만, 성환이 부모님의 도움으로 중학교 3학년이 되면서부터는 성환이와 함께 하숙집에서 생활할 수 있었다. 성환이 동생에게 과외수업을 해주는 조건이었다.

주말이면 하숙집에 모여 여러 친구들과 함께 어울려 놀곤 했었다. 그러다 하숙집 앞에 커다란 건물이 바로 영화관이라는 걸 처음 알게 되었고, 생전 처음 영화를 보고 느꼈던 그날은 울렁거리는 가슴에 한참을 벅찬 숨을 참아야 했다.

"난 재미있었는데, 너는 어땠어?"

성환이가 영화관 문을 나서며 큰 소리로 물었다.

"그렇게 큰 화면에 나오는 예쁜 여배우는 처음 봤어."

"너 설마 영화 처음 보는 거야?"

"음… 아니… 아니야….."

여배우 때문인지 거짓말 때문인지 얼굴이 계속 화끈거리는 기호였다.

담임선생님은 기호의 가정환경에 대해 잘 알고 있어서 그랬는지는 모르겠지만 무슨 일에건 유독 그를 더 챙겨주었다. 그래서 기호는 더욱 공부에 전념할 수 있었다.

그렇게 금강 백사장에서 수영을 하며 놀고, 공산성 성벽에서 밤새 친구들과 웃으며 담소를 나누던 중·고등학교 즐거운 추억이 끝나갈 즈음이었다.

중학교와 고등학교 내내 줄곧 1등을 한 기호는 내신과 농어촌 특별전형을 통해 전액 장학금으로 서울에 있는 의대에 진학할 수 있었다.

다행히 단짝 친구 성환이도 같은 대학교 농생물학과로 입학하였고, 연고지가 없는 서울에서 같은 출신학교 친구가 있다는 것은 큰 위로가 되었다.

서울생활

홍기호는 공주에 있는 중학교로 진학했을 때도, 적잖은 문화적 충격을 받았었다. 그런데 서울에 도착했을 때는 머릿속에 단 한마디만이 떠올랐다.

'여기 진짜 한국 맞아?'

옆에 있던 성환이 물었다.

"우리 학교에는 어떻게 가야 되는 거야?"

"글쎄… 지하철을 타고 내려서 버스를 타라고 했는데… 근데 지하철은 어디서 타야 되는 거지?"

"지나가는 사람한테 물어봐야 할 거 같은데."

물어물어 어렵게 찻길을 건너서 지하도로 내려갈 수는 있었지만 대체 어느 방향으로 가야 하는지 몰라 한참을 헤매야만 했다.

서울에는 그전에 살던 곳에서는 볼 수 없었던 너무나도 높은 건물들이 즐비했다. 살면서 이런 높이의 건물들은 처음 봤다. 또 버스만 타보았기에, 땅속에 지하철이 달린다는 것도 정말 신기한 일이었다.

가장 좋았던 건 패스트푸드 체인점이었다. 쌀밥에 된장국만 먹어도 좋았던 기호에게 햄버거라는 음식은 그 하나만으로도 많은 충격을 가져다주었다.

홍기호는 의대예과 1학년에 입학하자마자, 20년 동안 살면서 한 번도 경험해보지 못한 감정을 느꼈다. 이성 하나가 눈에 들어온 것이었다. 얼굴은 작고 피부는 하얀 서구적인 외모로 예쁘장한 동기 여학생이었다.

첫눈에 반한 기호는 그녀를 기숙사 오픈하우스에 초대했다. 하지만 키가 150센티밖에 되지 않았던 그가 거절을 당한 것은 당연한 일이라고 할 수 있었다. 작은 키는 곧 이성과의 관계에 있어서는 무능과 동의어였다.

　하지만 그녀를 포기하지 못한 기호는 한번 거절당했던 기억을 떨쳐버리고 그녀를 좇아 오케스트라 동아리에 가입했다.

　"저도 같은 동아리에 가입했어요."

　"아 그래요?"

　그녀는 아무 관심 없다는 투로 대답했다.

　"자주 보겠네요."

　"음악을 좋아하나 봐요."

　"예. 어릴 때부터 클래식을 좋아해서요."

　거짓말을 하면 항상 가슴이 두근거렸다.

　"그래요. 같은 동아리니까 잘 지내봐요."

　"예."

　그녀의 잘 지내보자는 대답은 기호에게 희망을 안겨주는 것 같았다.

　기호는 오케스트라 동아리에 마지막 남은 자리인 플루트로 배정을 받게 되었고, 악기를 사야 한다는 말에 조심스레 가격을 물어보았다.

　"얼마 정도 하나요?"

"오백만 원 정도요."

"예? 오백만 원이요?"

생애 처음 들어보는 금액에 기호는 동아리 가입을 포기해야만 했다. 그리고 결국 그녀에 대한 연정도 포기할 수밖에 없었다.

키가 작고 검은색 피부에 여드름 자국이 그대로 도장 찍힌 듯 남아 있는 처절한 남자 홍기호는 의대에서 낄 수 있는 자리가 없었다. 친목동아리도 학생회에서도 그리고 학술동아리에서조차도 마찬가지였다.

동기들 사이에서 그는 말하자면, 투명인간 같은 존재였다. 동기들은 그를 일부러 피하는 느낌을 강하게 주었고, 1학년 때의 그 많은 술자리에도 누구 하나 불러준 적이 없었다. 그러다 보니 동기들과 친해질 계기조차 없었다.

교수들조차 그를 무시하는 경우가 많았다. 강의 중에 자신이 물어보는 질문에는 귀찮다는 듯 대충 넘기곤 했다. 다른 동기들과 대놓고 차별하는 경우도 빈번했다.

"기호야, 너희 아버지 직업이 뭐야?"

강의실 옆자리에 처음 같이 앉게 된 과 친구와의 대화였다.

"응… 시골에서 농사 지으셔. 소도 키우시고…."

"우와, 멋진걸!"

친구는 부럽다는 눈초리로 쳐다보면서 이야기를 이어갔다.

"그렇구나. 농장이나 목장 같은 거 운영하시는구나?"

"응?"

"얼마 전에 아버지 친구분이 하시는 목장에 다녀왔거든. 대관령에 있는 목장인데, 5천 마리도 넘는 소들을 아예 산에다 풀어놓고 키우시는 걸 보니까 정말 멋지더라고."

"음… 조금 다르긴 한데… 비슷해…."

기호는 말을 얼버무리며 바로 자리를 뜰 수밖에 없었고, 이후 그 강의실에 들어가지 못하였다.

무엇보다 홍기호를 가장 힘들게 했던 것은 동기들과 출발선이 다르다는 현실이었다. 동기들은 100명 중 절반 이상이 부모가 의사였다. 그리고 나머지 동기들의 부모들은 대개 부모가 판검사, 기업체 사장 등 내로라하는 직업을 가지고 있었다.

동기생들 대부분은 어렸을 때부터 청진기나 의료기기, 시약

등을 다루어 본 경험이 있었고, 기호가 처음 접하며 어렵게 외워야 하는 의학 영어의 대부분을 어렸을 때부터 가정교육과 특별 과외를 통해 이미 알고 있었다.

그런 그의 마음을 아는지 모르는지 시간은 그저 물 흐르듯 흘러갔다. 마치 급류를 마주한 것처럼 물살은 점점 강해지고, 그만큼 기호의 시간은 걷잡을 수없이 빠르게 지나가고 있었다.

그 시간만큼 점점 동기들과의 격차는 심해졌고, 그 격차만큼 그의 자존감은 급격히 더 낮아졌다.

기호는 스스로 열심히 산다고 생각했지만 무기력한 시간에 쫓긴 채 살아가고 있었다. 늘 돈은 모자랐고, 친구를 만나는 것은 꿈에서나 가능한 일이었다. 겨우 입에 풀칠할 정도의 생활밖에 되지 않았다. 교우관계가 좋고 나쁘고 할 것이 없었다. 만날 친구조차 없었기 때문이었다. 기호는 대학 시절 내내 누구도 만나지 않았다. 아니, 아무도 만나주지 않았다고 하는 것이 오히려 정확했다.

'그저 그 누구도 나에게 관심을 가져주지 않을 뿐이야.'

자신은 그냥 평범하게만 살고 싶은데, 어른들 말마따나 평범하게 사는 것이 가장 힘든 것 같다는 생각이 들었다.

기호는 끝없이 자신 속으로 침잠해 가며 많은 생각 끝에 겨우 잠에 들곤 했다. 그러던 어느 날 문득 정신이 번쩍이는 느낌과 함께 잠에서 깼다.

"아! 꿈이었잖아…."

밤새 꾸었던 꿈은 기호에게 결코 이루어지지 않을 것만 같은 달콤한 꿈이었다. 그렇지만 기호는 이런 꿈조차 감사했다. 그만큼 행복이라는 감정에 목말라 있었다.

"그래. 꿈에서라도 유명한 대학병원의 교수가 되었으니 그걸로 만족해야지."

그는 더 이상 허무맹랑한 꿈을 꾸는 것을 포기하고 책상 앞에 앉아 생각의 늪에 빠졌다.

어린 시절부터 공부만 하면 탄탄대로라고, 스스로 열심히 잘 해가고 있다고 생각했던 그가 맞닥뜨린 현실은 본과 4학년 때까지 전 과목 C학점 일색인 성적표뿐이었다. 그것은 자신이 마주하고 있는 현실이자 피하고 싶은 미래였다.

지금까지의 삶을 되짚어 보니, 그동안 마주쳤던 수많은 벽과 장애물들을 그는 그저 그럴싸하게 피해냈을 뿐, 제대로 이겨내지 못했다는 생각이 들었다.

막다른 길에서

촌에서 배고픔과 싸우며 자라온 시골 촌뜨기가 의대라니, 어찌 보면 그것은 인생에 있어 불가능한 업적이 하나 쌓인 것이나 다름없었다.

기호는 잘하고 있다며 항상 스스로에게 주문을 걸었지만, 그 날만큼은 달랐다. 이제는 현실을 직시하지 않으면 자신의 인생은 달라지지 않고, 이대로 다시 시골에 있는 본가로, 그 삶에 찌든 원점으로 돌아갈 수밖에 없다는 끔찍한 생각이 들었다.

오랜만의 만남이었다. 함께 서울로 진학한 성환은 자신과는 달리 서울 생활에 완전히 적응한 것 같았다. 두 사람은 막걸리를 마주하고 앉았다.

"왜 그리 힘들어 보여?"

"학점도 잘 안 나오고 너무 힘들어…."

"의대 공부가 원래 힘들잖아. 그래도 넌 열심히 한 거야."

성환은 힘내라는 듯 기호의 어깨를 툭 쳤다.

"그래… 나도 최선을 다했다고…."

기호는 그저 그렇게 중얼거릴 뿐이었다.

자신이 먹을 수 있는 풀과 꽃을 찾아내고 땅 냄새와 쇠죽 익은 냄새를 구별하고 있을 때, 남들은 편안한 식탁 의자에 앉아 따뜻한 저녁 식사를 기다리고 있었고, 자신이 땡볕 아래에서 밀짚모자 하나 없이 땀 흘리며 밭을 갈 때 남들은 어머니가 준비한 시원한 주스와 간식을 먹으며 편한 책상에 앉아 공부만 하면 되었을 것이었다.

자신이 부모에게 녹이 슨 농기구들의 사용법을 물을 때 그들은 진학 컨설팅과 각종 과외를 받으며 미래의 노하우를 쌓아 나갔다.

자신과 그들 사이에 존재하는 가늠할 수 없는 두꺼운 격차의 벽은 이미 그의 의지를 한참이나 갉아먹어가고 있었다.

　"나도 평범하게만 살았으면 남들만큼 할 수 있었겠지. 나도 그러고 싶었다고."

　"그래, 나는 농과대학이라서 너보다는 좀 더 편하게 공부할 수 있었을 거야. 그나저나 앞으로 넌 졸업하고 어떻게 할 거야? 난 미국에 가서 농생물학 관련해서 더 공부하고 싶어서 아버지께 말씀드렸어. 할 수 있을 만큼 공부하고 오라고 하시네."

　"그렇구나. 난 아직 방향을 잡을 수도 없는데… 좋겠다. 미래를 그릴 수 있어서."

　성환과의 술자리를 마치고 자취방에 들어오면서 여러 생각이 들었다.

　기호는 이러는 자기 자신이 마음에 들지 않았다. 내가 이런 현실을 만든 것도 아니고 이렇게 태어나기만 했을 뿐인데, 결국 선택을 하고 책임지는 것은 자신의 몫이었다. 이제부터는 정말 정신 차리지 않으면 연극이 천천히 막을 내리듯 그의 미래도 점차 어두워질 것이라는 생각이 들었다.

이 이상 부정적인 감정에 사로잡힌다면, 현실마저 막혀 버릴 것이 분명하고 다시 고향으로 돌아가는 것은 시간문제일 뿐이라고 느꼈다. 기호는 다시 단단히 결심했다.

"내가 어떻게 해서 여기까지 왔는데. 이렇게 시골로 내려갈 순 없지. 하루하루 겨우 끼니를 때우는 생과 사의 기로에 다시 서기에는 지금의 내가 너무 아까워."

홍기호는 가방에서 노트와 펜을 꺼내어 자신이 할 수 있는 최고의 선택과 해야만 하는 것들을 나열해 가며 계획을 세우기 시작했다. 계획을 세우고 실천해가는 것만이 자신이 현재 처한 부정적인 상황에서 벗어날 수 있는 유일한 길이었다.

돌아올 수 없는 강

 기호가 지금의 현실에서 벗어나기 위한 계획의 1순위로 정한 것은 자신이 가장 존경하는 하 교수에게 자문을 구하는 것이었다.
 먼저 하 교수에게 허락을 구한 후 병원으로 찾아갔다. 조금 일찍 도착한 터라 대기실에서 교수님과의 상담시간을 기다리던 기호는 어디에선가 코끝을 간지럽히는 기분 좋은 향기가 난다는 것을 알아차렸다.
 '도대체 이게 어디서 나는 거지? 어떻게 이런 향기가 날 수가 있는 거지.'

주위를 두리번거린 끝에 기호는 작은 선반 위에 놓인 자그마한 병 하나를 발견할 수 있었다. 그 향기는 분명 그곳에서 나고 있었다. 너무 놀라운 나머지 그는 노트에 자신이 느끼고 있는 향에 대한 표현을 적었다.

눈에 보이지 않지만, 마치 엄마 품에서 풍길 것만 같은 따뜻하고 포근한 향기.

이 매력적인 향기에 빠져 있던 기호가 문득 정신을 차렸을 때, 마침 하 교수가 들어오라고 손짓을 했다. 기호는 방에 들어가자마자 자신이 질문하고자 했던 내용은 제쳐두고 대기실에서 나는 향기에 대해 먼저 물었다.

"교수님, 저기 대기실 선반에 있는 병에서 나는 기분 좋은 냄새는 뭔가요?"

"아, 그 아로마? 이번에 지인에게 선물 받은 건데, 그렇게 향이 좋던가?"

하 교수는 별 게 다 관심이라는 듯 대수롭지 않게 되물었지만, 기호는 상담 시간 내내 자신이 원래 하고자 했던 질문은 모두 잊은 채 아로마라는 의문의 향에 대한 것만을 머리에 떠올리고 있었다. 상담은 결국 흐지부지 끝날 수밖에 없었고, 그는 곧바로 무언가에 이끌리듯 자연스럽게 그 병이 있는 곳으로 다가섰다.

'이 황홀한 향이 아로마라는 거구나. 이때까지 어떻게 모르고 살았지.'

최근 들어 계속 책 냄새만 맡던 그의 코에서부터 시작해 의학용어로 가득 차 있는 뇌까지 울리는 이 말로 설명하기 힘든 아름다운 향과의 만남을 그는 바로 운명이라고 생각했다. 이렇게 기호는 아로마에 빠져들게 되었다.

기호는 자취방에 돌아오자마자 옷도 갈아입지 않은 채 책상에 앉아 노트북을 켜고는 아로마에 대한 것을 찾아보기 시작했다. 하 교수와의 상담내용은 아예 뒷전이었다.

아로마라고 하는 것은 '사람에게 이로운 향기'를 뜻한다는 것을 알아낼 수 있었고, 아로마는 보통 식물의 꽃, 잎, 열매, 씨앗, 줄기, 뿌리 등 여러 가지의 재료를 채취하여 화학적 또는 물리적으로 향을 추출하거나 압축해서 만들어 낸다는 것도 알 수 있었다.

"이름부터 심상치 않더라니. 한 번 맡았을 뿐인데도 계속 생각이 나잖아."

기호는 이미 처음 맡은 그 순간 아로마에 빠져버린 것이었다. 지금까지의 각박했던 세상에서 벗어나게 해줄 탈출구라는 느낌을 지울 수 없었기 때문이었다.

그때부터 기호는 아로마에 대해서 더 많이 알고 싶은 마음에 잠까지 줄여가며 학업과 아로마에 대한 공부를 병행했다.

이런 눈에 보이지도 않는 별 것 아닌 냄새가 아픈 사람을 치료할 수 있고, 사람을 안정시켜 주며, 매력이 없던 사람도 매력적으로 만들어 줄 수 있다는 것이 믿기지 않았다. 하지만 그 향을 맡고 있으면 자신도 모르게 전부 다 믿을 수 있었고, 점점 의심이 사라지며 아로마에 대한 굳은 확신을 가지게 되었다.

"이제 알겠어. 이게 바로 땅 끝까지 내려간 내 자존감을 채워줄 수 있는 열쇠라는 걸!"

그는 평생 단 한 번도 이성이라는 존재에 다가갈 수 없었다. 웬만한 여자보다도 작은 키와 햇볕에 많이 노출되어 까매진 얼굴, 잘 씻지 못해 생긴 여드름 자국 탓인지 이성은 물론 동성까지도 그를 달갑게 받아주는 이는 없었다.

그렇기 때문에 스스로도 자신은 항상 혼자이고 작은 관심조차 받을 수 없는 존재라고 여겼다. 그런 그가 가뭄의 단비처럼, 운명이라는 듯 불안한 마음에 치료제가 되어주는 고마운 아로마의 세계로 빠져들었다. 이제 기호에게는 아로마가 있어야만 했다.

"나한테는 이게 지금 당장 필요해."

그는 희망에 가득 차 있었다. 멈출 수 없는 욕구를 아로마가 해소해주는 것만 같았다. 이런 아로마를 구하기 위해 최근에 하 교수에게 다시 물어 알아낸 아로마 매장을 검색해 보았다.

학교에서 제법 멀리 떨어져 있었지만 그는 곧바로 지갑을 챙겨 매장이 있는 곳으로 향했다. 한 시간이 걸려 도착한 곳은 정말 꿈속에서나 있을 법한 공간처럼 느껴졌다. 남들이 보기엔 지극히 평범한 매장일지 몰라도 그는 지금까지 이런 환상적인 곳을 경험해 본 적이 없었고, 눈앞이 아득해질 만한 향들로 가득 차있는 숲 속 같았다.

'그래 여기야. 바로 이 향기들이야. 정말 너무 아름답다.'

겉보기에는 다른 특별한 것 없이 단순히 병들이 놓여 있는 진열장으로만 보일 수 있었다. 하지만 기호에게만은 이 풍경이 다르게 보였다. 마치 성당의 파이프 오르간처럼 아로마 병들이 그의 주위를 둘러싸고 있는 것 같았고, 그 각각의 병에서 은은히 솟아오르는 향기는 아기 새가 지저귀듯이 기분 좋은 노랫소리로 그를 감싸 안았다. 다양한 아로마 병 앞에서 시향을 하던 중 그는 갑작스럽게 고향 집 들판에서 나던 여러 꽃들과 풀 향기가 생각났다. 그의 코를 간지럽히는 향기에 자신조차 깜짝 놀랄 정도였다.

'어떻게 이런 향을 낼 수가 있는 거지? 이게 정말 사람이 만들어 낸 향기라고?'

꽃 한 송이, 풀 한 줄기 없는 곳이지만, 그곳에서 기호는 하나둘씩 흐드러지게 꽃이 피어 있는 시골 고향집에 가는 길목 옆에 서 있는 기분이 들었다. 갑자기 떠오른 옛 생각에 잠긴 그는 잠시 어머니와 가족들 생각이 나 눈시울이 붉어졌다.

'우리 부모님과 동생들도 이 향을 같이 맡을 수 있다면 참 좋을 텐데…'

아로마 하나로 사랑하는 사람과 그리운 사람을 떠올릴 수 있다는 것이 너무 고마웠다. 어떤 것도 자신에게 생각할 시간이나 여유를 주지 않았었는데, 아로마는 마치 '그래, 힘들면 잠시 쉬어가'라고 말을 해주는 것 같았다. 매일 같이 쫓기는 삶에 잠시의 휴식을 허락해 준다는 것은 그에게 하루를 더 살아갈 수 있는 힘이었다.

    이제 기호에게는 삶의 목표라는 것이 생겼기에, 뒤를 돌아보지 않고 앞만 보고 갈 수 있도록 아로마가 길을 만들어 주었다고 할 수 있었다.

한 끼 밥보다 중요한 것

그렇게 홍기호는 매장에서 구매한 아로마 하나로 과거를 회상해보기도 하고, 미래에 성공한 자신을 꿈꾸며 정신없이 상상의 나래를 펼쳤다. 그는 좀 더 다양한 향으로 위로를 받고 싶었다. 그러다 보니 여러 차례에 걸쳐 하나둘씩 아로마를 구입하게 되었고, 점점 직접 블랜딩해 보겠다는 욕심이 나기 시작했다.

"이제는 내가 직접 상상해 온 향기를 만들고 싶어. 사람들이 나를 인식하고 좋아하게 해줄 수 있는 향기를…."

그는 그때의 달콤한 장면을 다시 보고 싶었다. 아로마가 있으면 이게 꿈이 아닌 현실로 다가올 것만 같은 믿음이 생기기 시작했다. 결국 기호는 학과공부로 바쁜 와중에도 자신이 원하는 아로마에 대한 공부를 제대로 하기로 결심했고, 주변을 수소문한 끝에 아로마 협회 회장인 김호성 교수가 의대 동문선배임을 알게 되었다.

김호성 교수는 이비인후과 교수로, 영국에서 아로마를 이용한 비염 치료에 관한 연구뿐 아니라 고대 근동(近東) 역사로 박사학위를 받은 관련 학계 최고의 권위자였다. 또한 고대 수메르, 아시리아어, 우가릿어, 히브리어 등 8개 고대 언어를 이해하고 해석할 수 있는 능력도 있었다.

이집트, 바빌로니아, 히타이트, 아시리아, 페르시아 등 고대국가의 문명사를 비롯해 신학과 향수의 역사를 연구한 김 교수의 프로필을 읽고 감동을 받은 홍기호는 수소문 끝에 김 교수의 연구소에 바로 전화를 걸었다.

"안녕하세요. 의대 후배 홍기호라고 합니다. 제가 교수님께 아로마에 대한 공부를 배우고 싶은데 가능할까요? 혹시 교육과정 같은 것도 있나 궁금합니다."

"네, 안녕하세요. 이쪽에 관심을 가져주는 후배가 있다는 게 고맙네요."

"교수님 존함은 들어서 익히 알고 있었는데 이렇게 직접 통화를 할 수 있게 되어서 영광입니다."

"일단 저희 연구소에서 아로마테라피에 관련된 학회를 준비 중이고, 내 연구를 도와줄 사람이 필요했는데 마침 잘 됐습니다. 기호 군이 여기 와서 연구 조교도 하면서 배워 가는 건 어떨까요?"

"아, 정말 감사합니다. 그럼 바로 찾아뵙겠습니다."

냄새에 대하여

"어떻게 이쪽 학문에 관심을 가지게 되었나?"

김 교수가 물었다.

"병원 대기실에서 우연히 향기를 접한 후 아로마의 매력에 푹 빠져버렸습니다. 그래서 앞으로 전공도 교수님처럼 이비인후과로 정하려고 합니다. 냄새(olfaction)와 관련된 연구도 계속하고 싶고 특히 아로마테라피에 대한 공부도 하고 싶어서 왔습니다."

"냄새란 무엇이라고 생각하나?"

"글쎄요, 뇌가 기억하는 좋은 향기요."

"그럼 우리가 알고 있는 내용을 하나씩 정리해 보면서 설명해 주지. 우리 뇌에는 장기기억을 처리하는 장소로 해마라는 부분이 있고, 변연계는 감정조절에 중요한 곳이라네. 사람의 원초적인 본능을 조절하는 부위는 뇌의 시상하부고, 이곳에서는 주로 생존과 직접적인 관련을 갖는 감각을 조절하지."

"예, 교수님 전공 시간에 배운 기억이 납니다."

기호는 본과 2학년 때 배운 brain(뇌, 腦) 수업이 생각났다.

"시상하부가 조절하는 또 다른 생물학적 기능은 월경주기지. 여자들은 월경주기의 시점에 따라 냄새에 반응하는 정도가 다르다네."

"냄새에 가장 민감한 반응을 보이는 시기는 임신 가능성이 가장 높은 배란기란 말씀이신가요?"

"그렇지. 냄새야말로 특히 여성이 이성을 성적으로 유인하고 적절한 짝을 고르는 데 결정적 역할을 한다네. 이는 생물학적으로도 필연적이라 할 수 있지."

그 말은 곧 이러한 생물학적 변화는 기본적으로 성공적인 후손을 남기기 위한 전략으로, 냄새에 본능적인 반응을 보여 평범한 유전자조합을 가진 남성보다는 우월한 유전자조합을 가진 남성의 체취에 이끌리도록 되어 있다는 것이다.

"이 세상에 좋은 냄새와 나쁜 냄새는 존재할까?"

"그게 무슨 말씀이신가요? 나쁜 건 모르겠지만 싫어하는 고약한 냄새는 누구에게나 있는 것 같아요."

"우리들 각자가 세상에 존재하는 냄새를 좋아하거나 좋아하지 않는 것은 냄새에 대한 각자 개인이 가지고 있는 추억, 자라난 환경 그리고 교육 등을 통해 우리가 냄새에 부여하는 성격과 경험한 것이 다르기 때문일 뿐이야."

"어떤 냄새에 대한 선호는 개인의 경험이나 집단의 문화에 따라 달라진다는 말씀이군요."

"고약한 냄새가 나는 존재물은 없어. 이것 또한 각자의 경험과 생각에 연동되어 만들어진 인상이라고 할 수 있지. 예를 들어 한국인이 좋아하는 홍어의 암모니아 냄새나 김치 냄새를 좋아하거나 싫어하는 것은 개인이나 집단의 문화에 따라 달라진다는 것이지."

"예. 무슨 말씀인지 이해가 됩니다."

"또한 향기는 심신의 변화를 유도하는 성질이 있지. 백단향은 신경을 안정시켜주는 효과가 있어서 불안, 우울증, 불면증 치료에 좋고, 로즈마리는 정신을 맑게 해주며 기억력을 증진시킨다네. 라벤더는 기운을 북돋아주고 스트레스, 불안, 우울증, 불면증을 줄여주지. 페퍼민트는 정신이 들게 하고 원기 회복에 좋다고 하고."

계속해서 후각에 대한 김 교수의 설명이 이어졌다.

"음식을 먹을 때나 양말을 벗고 난 후에 냄새를 맡는가?"

"예, 저도 양말을 벗고 난 후에 냄새를 맡는 거 같아요."

홍기호가 쑥스러운 듯 웃으며 대답한다.

"우리는 음식을 먹을 때 신기하게도 냄새를 두 번 맡는다네. 먼저 음식을 입에 가져갈 때 코로 냄새를 들이마시는데, 이를 정비측 후각이라 하고, 이어 음식물이 입 속에 들어 있을 때 냄새가 입천장을 통해 거꾸로 비강으로 흘러 들어가는 것을 후비측 후각이라 하지."

"후비측 후각은 입 속의 맛에서 나온다고 생각하기 쉽지만 이는 환각이야. 그럼에도 사람들이 후각을 잃었을 때 미각도 사라졌다고 확신하는 것을 보면 이 환각이 얼마나 강력한지 알 수 있지."

"예, 저도 경험한 적이 있어요."

"감기에 걸리면 코가 막혀 후비측 감각을 잃어 음식 맛이 없다고 하는 이유가 바로 여기에 있지. 또 나이가 들어 치매에 걸리신

분들이나 여든 살이 넘은 노인의 절반은 사실상 냄새를 맡지 못하기 때문에 식사 시간을 알려주는 후각 시계가 정지된 상태야. 이 때문에 꽤 많은 노인들이 부적절한 양을 먹거나 질적으로 부적절한 음식을 섭취하게 될 수도 있지."

"얼마 전 수업시간에 강의 내용을 들었는데, 어떤 질병에 걸리면 환자가 내뿜는 호흡을 통해 질병의 상태를 나타내는 휘발성 유기화합물이 나온다고 하는 연구결과가 있던데요."[1)]

"맞아. 간경화에 걸린 사람의 호흡에는 식초 냄새가 나는 지방족산이 들어 있고, 신장이 안 좋은 사람의 호흡에서는 생선 냄새가 나는 다이메틸아민과 트리메틸아민이 발견된다는 연구결과도 있어. 폐 질환자는 알칸과 벤젠 유도체가 혼합된 숨을 내쉬는데 이 냄새는 새로 산 차에서 나는 냄새와 비슷하지."

---

1) 현대의학의 역사서에 따르면 과거에 다음과 같은 냄새로 질병을 예측하기도 하였다. 티푸스는 쥐 서식지 냄새로, 당뇨병은 과일 냄새, 페스트는 익은 사과 냄새, 홍역은 막 뽑은 깃털 냄새, 황열은 정육점 냄새로 질병을 진단하고 확인한다. 간 기능의 이상이나 신장질환은 암모니아 냄새가 난다고 한다. 또한 여름철 더위로 인한 갈증, 미네랄 부족, 혈류 불량, 냉증 등에서 암모니아 냄새가 날수 있다. 생선 비린내 같은 냄새가 날 경우 생선 냄새 증후군을 의심해 볼 수 있는데, 주로 중년 및 노년에 많이 발생하고 정확한 발생 원인은 아직 밝혀지고 있지 않지만 유전적인 요인가능성이 크다고 알려져 있다. 숨에서 아세톤 냄새가 나도 당뇨병을 의심한다. 전반적으로 좋은 체취는 좋은 건강 상태와 연관성이 있는 것으로 드러났다. 이것은 균형(balance)이라는 또 다른 신체적 특징 때문이다.

애초에 정해 놓은 시간은 이미 지나갔지만 끊임없이 냄새에 대한 얘기가 진행되었다.

"정리하자면, 우리는 냄새를 통해 스스로를 알고, 냄새를 통해 다른 사람과 교류를 활발히 나눈다는 거지. 그리고 후각은 학습과 기억력의 증진에 도움을 주며 우리의 행동을 바꾼다네. 우리는 후각을 통해 강렬한 정서적 삶을 영위하고, 기억을 되새기며, 정신건강을 누리기도 하고, 열정을 불사르기도 하지. 또한 후각은 심지어 우리가 누구와 함께 아이를 갖는 것이 좋은가 하는 생물학적 조언도 해준다네. 멋진 용모의 사람이 냄새 때문에 매력 없는 사람으로 전락하기도 하고, 반대로 평범한 사람이 냄새로 인해 사람들의 관심을 끌기도 하지. 결국 인간들이 가장 본능적으로 탐하는 성욕, 식욕, 성공욕 배후에는 후각이 연동되어 있는 감정과 기억의 신호가 있고 이는 실질적인 욕망의 감각인 것이야."

홍기호는 후각에 대해 설명하는 김 교수의 열정 가득한 눈을 바라보며 감동할 수밖에 없었다.

"정말 새로운 세상이네요, 교수님. 지금까지의 내용을 정리하면, '향기가 우리의 기분을 바꾸는 것은 그 향기와 결합된 기억에서 나오는 정서적 연상 때문이지 약물처럼 작용하는 생리적인 현상이 아니다'라는 거네요."

"더 쉽게 말하자면 2차적 연상 때문이라고 할 수 있는 거지. 하지만 향기가 주는 효과는 단순히 기분에만 국한되지 않고 신체 상태에도 변화를 준다는 걸 명심해야 하네."

향수의 역사

"인류 최초로 향이 발견된 것은 언제일까?"

질문을 던지는 김 교수의 표정이 매우 진지했다.

"글쎄요…. 이집트나 페르시아에서 향수를 만들었던 장소가 발견되었다는 얘기는 들은 적이 있는 거 같아요."

"향은 인류역사와 궤를 같이 하지. 특히 인간의 권력, 미와 사랑, 섹스, 폭력, 정복 등 고대부터 인류가 여신을 통해 욕망했던 것들은 지금도 변하지 않고 유지되고 있지."

"향으로 권력도 유지할 수 있나요?"

홍기호의 눈에는 호기심이 가득 차 있었다.

"향만을 이용해 권력을 유지한다는 것은 어렵지. 다만 권력자들은 신만 가질 수 있는 향기를 소유함으로써 신의 영역에 다다를 수 있다고 믿었지."

"그렇게 해서 존재하게 된 게 여신인가요?"

"여신은 인류가 사회를 이루고 협력하도록, 서로 관계를 맺도록 도울 수 있을 거라고 사람들이 믿는 존재였지. 고대인들에게 있어 여신이라는 존재는 매춘과 육체적 만남을 수호하는 신이자 동시에 사랑이 무엇인지 생각하게 하는 매개체였지."

"그런 매개체의 역할은 다른 신들에게도 있지 않았나요?"

"그렇지. 하지만 여신이 수호하는 아름다움은 육체적인 것뿐 아니라, 정신적이고 철학적인 아름다움도 포함하니 더 특별한 거라네."

"그래서 현재까지 오랜 시간 동안 여신들은 많은 사람들에게 영감을 주는 흥미로운 주제였군요."

"그렇지. 서구 문명과 그 영향 아래 이어져 온 지금의 현재를 제대로 이해하려면 여신의 역사를 알아야 하는 것이라네. 비너스라는 이름을 들어 보았겠지?"

"예, 많이 들었지요. 속옷 광고도 있고요."

홍기호는 입꼬리를 말아올리며 웃음 지었다.

"아프로디테-비너스는 동양 문화권에서 서양 문화를 표현하는 관념이자 이미지로서 지금의 우리 일상에 존재하지. 지금도 비너스는 무의식 중에 우리 일상에 들어와 있어. 밸런타인데이가 되면 아프로디테의 꽃인 '장미'나 장미 향수를 선물하고, 피부를 가꾸기 위해 비너스의 새인 '비둘기'가 그려진 비누를 쓰고, 비너스 이름의 속옷을 입고, 비너스의 과일인 '석류'를 연관시켜 아름다운 여자를 상징하게 만들지."

"우리는 여신과 같은 어떤 대상을 사랑하고, 욕망하고, 바라보고 있다고 할 수 있는 거네요."

"그렇게 말할 수도 있겠군."

"여신의 기원은 언제부터인가요?"

"역사서에 기록된 여신의 기원은 약 5,000년 전 고대 수메르로부터 시작한다네. 수메르의 대표적인 여신인 이난나는 '하늘의 여주인'이라는 뜻을 가지고 있어. 이난나는 달의 신 '난나'의 딸로, 전쟁과 성애의 여신이자, 질투, 다산의 여신으로 육체적인 사랑을 즐기는 여신이었다네."

"이 이난나 여신도 향수를 썼나요?"

"고대 메소포타미아의 수메르 남부 도시 국가 우르크의 전설적인 왕의 서사시인《길가메시》를 보면, 이난나를 모시는 지성소는 바빌로니아의 수도 바빌론에만 180군데 넘게 있었고 그때부터 향유를 썼다는 기록이 있어. 고대 이집트의 파라오 아멘호테프 3세는 병에 걸리자 이난나 사원에서 여신상을 꺼내 룩소르의 나일강 강둑으로 가져와 달라고 요청했지. 여신의 힘과 향으로 목숨을 구할 수 있으리라고 기대한 것이었지."

"여신의 기원이 이난나라고 할 수 있는 거군요."

"이난나는 그리스 로마 신화로 넘어오면서 비너스, 아프로디테라는 이름으로 변화되었고, 현재 우리가 알고 있는 사랑의 여신 비너스가 된 것이지. 그리고 이 비너스는 힌두교에서는 두르가 여신이나 락슈미 여신 등과 동일한 여신으로 알려져 있고, 기독교의 성경에도 영향을 주었다고 하지."

"여신들의 계보가 되네요."

"고대와 근대 여신의 다른 점이 있다면, 근대 여신의 기본 성격이 순종적이고 온화하다면, 고대에는 보다 파괴적이고 지배적인 성향이 강했지."

"현대에는 여신의 이미지가 너무나도 많이 변한 거 같아요. 상업적인 것도 같고 퇴폐적 이미지도 있고요."

"아프로디테를 얘기하는 건가?"

"예."

"우리는 최음제나 에로티시즘, 강렬한 소유욕, 화장품, 음란함을 이야기할 때 아프로디테를 기억하기도 하고 어느 나라에서는 성병을 이야기할 때도 이 단어를 쓰지. 그러나 아프로디테는 다시 한 번 선사시대처럼 어머니로서 가진 힘과 여성의 잠재력을 고취하는 데 사용되어야 한다고 생각하네."

"아프로디테는 여전히 불멸의 존재인 듯 하네요. 이 여신도 향수와 연결이 되어 있나요?"

"이 여신들도 향기와 관계가 있다고 사람들이 상상했는데, 이는 종교적 목적과 질병 예방 차원이었던 걸로 보이네. 클레오파트라의 뛰어난 미모 뒤엔 언제나 여신이 사용했을 거라고 여겨지던 향유와 향고가 있었고, 당시 그녀는 매일 시돈지역에서 생산한 감송유를 몸 전체에 바르고 양손에는 많은 양의 향고를 발랐지. 그리고 목욕 후에는 장미, 수선, 백합 등의 향내가 담긴 향유를 사용했다고 해. 또한 그녀가 거주하는 곳에는 방향품을 가득 채워 늘 그 향이 집안에 맴돌게 했고, 향료가 들어있는 사탕 과자나 음료수, 셔벗 등을 즐겨 먹었다는 기록도 있다네."

"정말 향에 대한 집착이 강했군요."

"고대 이집트인들은 나무 중에서 향나무를 태우면 향기로운 냄새가 난다고 느꼈지. 이를 흥미롭게 여긴 사제들은 가장 소중하고 귀한 존재인 신에게 그것을 바쳤고, 덕분에 이집트에서 향의 존재는 오랜 기간 신성시 되었다네."

"본격적으로 향기를 사용하기 시작한 이들이 고대 이집트인이라는 것인가요?"[2]

"일종의 피부를 보호하는 화장품 형태로 사용하였는데, 강한 햇볕에 피부가 그을리는 것을 방지하기 위해 지금의 바디오일과 같은 기름을 몸에 바르곤 했지. 여기에 꽃이나 나무 조각을 섞으면 독특한 향내가 만들어졌는데, 이것이 바로 향유의 시초라고 할 수 있지. 그리고 파라오가 죽으면 그 시신에도 많은 양의 향유를 뿌렸는데, 이는 살아있을 때 왕족이었음을 신에게 알려주는

---

2) 향유 기술이 발전하며 이집트 여인들은 몸의 각 부분마다 다른 향을 바르기에 이르렀고, 목욕을 할 때 물에 개어 사용하기도 했다. 고대 중국의 문헌에는 사향에 대한 기록이 남아 있다. 사향은 중국에서 초기 향료 제작에 큰 기여를 한 것으로 전해지는데 이는 인도인과 이집트인, 그리스인을 거쳐 로마인들에게까지 전승되었다고 한다. 사향은 남성보다는 여성들이 찾는 경우가 많았으며 대개 생식기의 악취를 제거하는 용도로 사용되었다.

증표라고 생각했다는 기록도 있지."

"향유는 인간이 신의 영역에 있는 것처럼 보여주는 일종의 상징일 수 있었겠네요."

"그렇지. 그만큼 귀하고 고가였을 거야. 이집트[3]를 거쳐 그리스와 로마 등지로 퍼진 향수는 귀족계급의 기호품으로 사용되었다네. 그만큼 원료 재배와 제조기술이 일정 지역에 국한되어 향유와 향고는 고대 귀족들에겐 권력과 부의 상징이었고, 그래서 일반인들이 향을 갖는다는 건 꿈과 같았다더군."

"그럼 향고는 무엇인가요?"

"그건 18세의 젊은 나이로 죽은 이집트 제18왕조의 12대 파라오인 투탕카멘(재위 BC1361~1352년)의 무덤 안에서 발견되었지. 석고로 만든 아라바스타 항아리에 채워진 향고는 20세기에 발견 되었을 당시에도 은은한 향기가 남아있어 사람들을 놀라

---

3) 이집트는 의학, 약학, 향수 제조, 미용술을 포함한 과학의 발상지였다. 고대 이집트인들은 향료 제조에 풍부한 지식을 가지고 있었으며 신에게 바치고 미라를 만들기 위해 향료를 사용하였다. 모든 사원에는 방향제 물건이 놓여있는 조그만 방이 준비되어 있었다. 장례 의식에 향유를 다량 사용하여 훈향하고 방부하였다. BC 2세기 경에 세워진 호루스 사원의 벽화에는 값비싼 향료의 처방 기록이 있다. BC 1세기 클레오파트라 시대에는 나일 강변에 향료공장을 지었으며 장미 꽃잎이 부려진 침실이 딸린 배에 향료를 부려 장식하였고 몸에는 시벳(Civet)이 조합된 향이 나는 연고를 발랐다는 기록이 있다고 한다.

게 했지."

김 교수의 설명은 계속 이어졌다.

"향고는 손에 묻히면 녹는 끈적끈적한 물질이었고, 냄새는 느끼하면서 마치 미타리과 식물(Valerianaceae)의 냄새를 연상시켰는데, 오랫동안 보존될 수 있었던 것은 방부성을 가진 유향이나 보류성이 높은 방향성 수지를 사용하였기에 3,000년 동안이나 보존할 수 있었다네."

갈림길

어느덧 시간이 지나고 졸업이 다가왔다. 그동안 아로마 공부와 학업을 동시에 진행했던 터라 정말 바쁘게 지냈지만 무엇 하나 소홀히 하지 않았다.

홍기호가 졸업을 하기 위해서는 하나의 관문이 남아 있었다. 그것은 성적 중 제일 비중이 높은 졸업 실기시험이었다. 주사를 직접 놓기도 해야 하고, 꾀병 흉내를 내는 배우들을 임상 진료하는 과정도 수행해야 하는 것이었다.

그 배우들은 각자 숨겨 놓은 병명을 가지고 있는데, 학생들은 계속해서 그들과 의사소통을 해가면서, 이를 통해 알아낸 것을 이용하여 병명을 맞춰내야 했다.

이렇게 여러 가지의 테스트를 통과해야만 의사로서의 실력과 자질 그리고 인성을 겸비하여 비로소 진짜 의사의 업무를 시작할 수 있는 기본적인 자격이 주어지는 것이다.

홍기호는 벌써부터 머리가 복잡해지고 있었다.

'아직 시작하지도 않았는데 벌써부터 떨리네. 어디서부터 준비해야 하는 거지.'

그는 이 시험이 자신에게 너무 불리하다고 생각했다. 입학 초기부터 자존감이 낮았고, 사람들과 대화할 일이 별로 없었기 때문에 점점 대인기피증마저 생겼기 때문이었다. 그럴 수밖에 없는 것이 작은 키와 까무잡잡한 피부 등 여러 가지 면에서 놀림을 많이 받았기에 자연스럽게 사람과 대화하는 것이 무서워졌고 혼자 있는 시간이 점점 늘어만 갔던 것이다.

대학에 들어와서는 주변 친구들에게 대화를 시도하면 옆에 있던 친구들이 일부러 피하거나 아예 무시하는 일도 다반사였다. 졸업을 앞둔 지금도 달라진 건 없었다. 나이를 더 먹은 것뿐 상황은 마찬가지였다.

'내가 혼자 있는 건 아무렇지도 않아. 하지만 내가 어떤 사람

인지 세상에 증명하고 싶을 뿐이야.'

홍기호는 당장 이 시험을 봐야만 했고, 무엇보다 중요한 시험이었기 때문에 열심히 준비하는 것 외에는 방법이 없었다. 그런데 이 시험은 미리 준비하는 것도 물론 중요했지만 감독하는 담당 교수가 어떤 사람이냐에 따라 결과가 많이 달라진다고 했다. 선배들도 공부보다 담당 교수만 잘 걸리라고 언질을 주었기 때문에 그는 시간표가 나왔다는 소식에 부리나케 달려가서 담당 교수가 누구인지부터 보았다.

"이번 담당 교수님이 마 교수님이네? 큰일이군."

마 교수는 그가 제일 싫어하는 교수였다. 마 교수에 대해 말하자면, 혹시 악마가 아닐까 하는 생각마저 들 정도였다. 여러 교수들 중에서도 마 교수는 까탈스럽기로 악명이 높았다.

게다가 마 교수는 유독 다른 학생들보다 기호를 더더욱 마음에 들어 하지 않았다. 그가 질문을 하려 하면, 수업이 다 끝나고 하라고 호통을 치는 것은 차라리 나은 편이었다. 수업이 끝나고 질문을 하면 다음에 알려주겠다면서 자리를 피하기에 바빴다.

그렇게 언제나 자신을 무시하는 마 교수의 수업 시간이면 매번 주눅이 들어 마 교수의 눈을 쳐다볼 수도 없었고, 수업에 집중도 할 수 없었다.

그런데 하필 그런 사람이 지금 가장 중요한 실기 시험 담당 교수인 셈이다. 이 점에서는 사실 아무리 생각해도 가망이 없어 보였다. 그가 아무리 노력해도 그 교수가 자신을 좋아하게 만든다는 것은 불가능에 가깝기에 해결할 수 없는 문제에 부딪친 것과 다름없었다.

의대 생활이 졸업 불가로 마감이 되는 건 아닌가 하는 악몽 같은 시간이 다가오고 있었다.

향수의 기원

"확인을 해봐야겠네. 내가 준 아로마 에센스 오일의 이름과 효능에 대해서 공부를 좀 하였나?"

"예, 종과 라틴어 이름이 어려웠지만 어느 정도 외웠습니다."

"그럼, 시스퀴테르펜에 대해 설명해 보게."

"모노테르펜에 비해 분자량이 높고 끓는점이 높아서 휘발성이 좀 낮은 미들이나 베이스 노트에 많이 사용합니다. 향이 강하고, 나무계열에 많이 들어 있습니다. 대표적 오일은 미르[4][1], 진저[2],

---

4) 본문 중 [ ]안에 숫자 표시된 낱말은 대표적인 아로마의 이름이며, 이 책의 [참고자료]에 자세히 설명해 두었다.

시더우드[3], 패추올리, 캐모마일저먼[4], 일랑일랑[5] 등이 있습니다. 캐모마일저먼에는 35%, 헬리크리섬에는 50%, 야로우에도 35%나 들어 있습니다. 고대에는 뇌혈관 막힘을 제거하는 데 사용하였으며 특징은 항염, 항균, 항바이러스 효과가 있고 진통, 소독, 신경안정, 부교감과 교감 신경 균형화, 항알레르기에도 효능이 있는 걸로 알려져 있습니다.

"공부를 열심히 했군."

"제가 원래 외우는 거는 자신이 있습니다."

기호는 쑥스럽다는 듯 뒷머리를 긁적였다.

"그럼 샤넬 No. 5로 유명한 향수 성분인 알데히드계 에센스 오일에는 어떤 것이 있지?

"레몬그라스[6], 멜리사, 시나몬바크입니다."

"음… 그래."

김 교수는 흐뭇한 미소로 쳐다보았다.

"자, 공부가 어느 정도 된 것 같으니, 오늘부터는 향수 제조의 기원과 그 방법에 대해서 알려 주겠네."

"예. 제가 가장 궁금했던 부분입니다."

"향수 제조의 역사는 기원전 5,000년 고대 메소포타미아까지 거슬러 올라가지. 20세기 초 현대 이라크의 모술시 근처에서 고고학 발굴을 통해 향수 제조 활동의 첫 번째 증거가 밝혀졌고, 거기에서 아나톨리아로 이동한 다음 지중해 및 그 너머로 옮겨졌으며, 사르데냐와 슬로바키아와 같은 다양한 지역에서 향수가 발견되었지."

"향수의 역사가 곧 인류문명의 역사로군요."

"수천 년 동안 키프러스 사람들은 가장 높은 귀족부터 평범한 평민에 이르기까지 향수를 생산하고 사용하였으며, 이러한 향수의 인기는 고대 이집트인을 통해 중세 베네치아 상인 및 현재까지 전달되었다네."

"저는 지금까지 프랑스가 향수를 만든 나라인 줄 알았어요."

"현재의 프랑스 향수에 이르기까지는 매우 긴 역사적 여정이 있었다네."

"그러면 향을 추출하는 과정은 어떤가요?"

김 교수가 설명해준 바에 의하면, 고대인들은 향을 주로 탈취의 목적으로 사용했지만 시간이 지나면서 보다 근본적인 의미에서 그 가치가 재조명되었다. 향은 그 자체만으로도 충분히 귀한 것이라는 사실을 인식하게 된 것이었다.

이에 사람들은 다양한 원료를 사용하며 보다 좋은 향수를 찾기 시작했다. 특히 클레오파트라가 키피(kiphy)라는 향료로 그 아찔한 매력을 드높였다는 것이 알려지며 세간에는 향에 대한 인식이 널리 퍼져나갔다.

그리고 단순히 물이나 기름에 향이 녹아들기를 기다리기보다는 빠르고 확실하게 향을 채취할 수 있는 방법에 이목이 집중되기 시작했다.

그 첫 번째가 바로 증류법이었다. 꽃이나 열매 등을 용기에 쪄 수증기를 추출하는 것으로 '불가리아 로즈'가 그 대표적인 예였다. 최고의 장미유 1파운드를 위해서는 양질의 불가리아산 향료용 장미가 백만 송이 이상 필요한데 그 가격이 약 8,000달러에 달한다. 말 그대로 액체 황금이라는 이름이 어색하지 않은 금액이었다.

이 외에 압착법이나 침출법을 사용하기도 했지만 향이 보다 풍부해진 것은 증류 추출법 덕분이었다. 열에 불안정한 원료는 수증기 증류를 하게 되면 향이 분해되어 버리는데다 동물성 향료는 증류법으로 채취가 불가능했다. 하지만 유지에 향을 녹여내는 추출법으로는 거의 모든 향을 채취할 수 있었다. 이후 향과 향료를 추출하는 방법은 발전에 발전을 거듭하며 19세기 즈음에서는 인공향료를 포함해 4,000여 가지 이상의 물질을 추출할 수 있게 되었다.

김 교수의 설명을 눈을 반짝이며 듣고 있는 홍기호는 향의 세계에 한 발자국 더 다가갈 수 있다는 것 자체만으로도 행복했다.

"당장 점심 먹을 돈도 없는데 주제넘게 수십만 원씩을 들여 원서를 사다니…. 아무래도 나는 그 매혹적인 향에 빠져 미친 게 분명해."

그는 혼자서 이렇게 중얼거렸다.

그 이후, 그는 김 교수의 강의를 꾸준히 들으며 아로마를 제조하는 방법에 대해 상세히 알게 되었다. 만드는 것은 크게 어렵지 않다고 생각했지만, 문제는 바로 그 재료를 사야 한다는 것이었다. 그로 인해 자연스럽게 하루에 한 끼 먹는 것이 일상이 되다 보니 한 달이 넘도록 두 끼 이상 먹는 것은 상상조차 하지 못했다. 하지만 그에게는 당장 끼니를 때우는 것보다 아로마에 대해 더 알아가는 것이 중요했다.

향에 대한 지속적인 관심과 노력을 인정받은 홍기호는 김 교수의 제안으로 아로마 치료와 환자들의 부작용에 대한 연구에 같이 참여하기로 하였다.

홍기호는 그렇게 아로마에 점점 더 깊이 빠져들고 있었다.

비밀 무기

　홍기호는 자신이 졸업 시험을 통과할 수 없으리라고 생각하며 하루하루를 보냈다. 시험날이 얼마 남지 않아서 마음은 점점 조급해져 갔다. 담당 교수가 바뀌는 기적이라도 일어나기를 바랐지만, 그런 일은 기대할 수도 없었다.
　하지만 현실이 그렇다고 해서 미리 포기할 순 없었기에 정면 승부를 하기로 마음먹었다. 이번 시험이 끝나면 정말 졸업이고 마지막 학기였던 만큼 그동안 못했던 노력을 이번에 다 쏟아 붓고 싶었다.
　홍기호는 아로마를 만난 이후로 하고 싶은 것도 많아졌고 무엇보다 꿈이 많이 생겼다. 이번에 운 좋게 졸업을 한다면 향기와 후각에 대해 지금보다 더 많이 공부하고 연구하고 싶었으며 그것을 바탕으로 이비인후과를 전공하고 싶었다. 그리고 이비인후과에서 자신이 만든 아로마 치료제로 환자들에게 새로운 세계를 펼쳐 주고 싶었다. 꿈을 위해선 수단과 방법을 가리지 않아야 했다.

"이번 시험에 사활을 걸겠어. 어떻게 하면 마 교수님의 마음을 살 수 있을까."

홍기호는 몇 날 며칠을 지새우며 고민에 고민을 더했다. 그러던 중 문득 자신이 처음 병원에서 맡았던 아로마 향기가 머릿속을 스쳐갔다.

"아로마? 이번이 바로 시험해 볼 수 있는 기회가 아닐까?"

그는 아로마 제조과정을 배우면서 다양한 서적을 읽고 많은 정보를 습득했고, 매일같이 공부하고 연구했기에 어느 정도 자신감이 붙어있는 상태였다. 사실 아로마 말고는 다른 좋은 방법이 생각나지 않았다. 그래서 공부보다도 자신 있어 하는 아로마 향기로 이번 시험을 통과해보겠다고 생각했다.

"그래. 이왕 이렇게 된 거 나를 잘 포장해줄 수 있는 향으로 이겨내 보겠어."

그는 곧바로 지난번 구매한 아로마 제조법이 담긴 책을 펼쳐 매력적으로 보일 수 있는 향의 재료들을 찾기 시작했다. 오랜 시간 끝에 수많은 재료들 중 가장 효과가 좋으면서도 어렵지 않게 구할 수 있는 재료들을 찾아냈는데, 그 재료들은 바로 로즈, 재스민, 네롤리 세 가지였다.

향수 제조에 대해서 많은 공부를 하긴 했지만 실제로 제조해 본 적이 많지 않았기 때문에, 몇 차례 문제가 발생하기도 했지만 그래도 나쁘지 않게 아로마 블렌딩을 완성시켰다. 그는 발향이 완벽하게 되는 농도로 완성된 아로마를 알코올에 희석해서 온몸에 뿌려보았다.

"이상하게 따뜻해지는 느낌이 드네. 신기하다."

아로마를 병에 담아 보관하며 사용했던 것이 대부분이었지, 이렇게 아로마를 몸 전체에 뿌려본 적은 없었기에 느낌이 새로웠다. 마치 엄마 뱃속에서 양수로 감싸져 있는 듯 따뜻하고 편안하게 하면서 마음의 안정을 주었다.

홍기호는 이번의 새로운 도전으로 아로마에 대해 한 발자국 더 나아간다는 느낌이 좋았다. 이미 아로마 향에 빠져든 그는 이 정도 향기면 마 교수뿐만 아니라 그 누구도 자신을 불만족스럽게 볼 수 없으리라는 자신감이 솟구쳤다. 시험에 대한 불안감은 온 데간데없이 사라지고 다음에 블랜딩할 아로마에 대한 생각밖에 나지 않았다.

    직접 발라보고 효과를 느낀 후, 아로마는 도저히 끊을 수 없는 홍기호의 비밀무기가 되었다.

예상치 못한 승리

드디어 대망의 졸업시험이 코앞으로 다가왔지만, 처음 시험 시간표를 봤을 때처럼 두렵지 않았다. 몸과 마음은 이미 아로마 향으로 가득 채워져 있었고, 그 모습은 남들보다 몇 배로 매력적이었다. 이제는 자신감 있게 등교하고 당당하게 질문하며 시험 준비를 하게 되었다.

며칠 후 시험날이 되었다. 아침에 평소보다 일찍 일어난 다음 이번 시험을 위해 심사숙고해서 만든 아로마를 알코올에 희석해서 온몸에 발랐다. 몸에서 아로마 향이 난다고 생각하는 순간 자신감이 차올랐다. 시험에 필요한 자료들을 다 챙기고 방을 나서는 기호의 발걸음은 당당했고, 심지어 시험장에 도착했을 땐 자신감이 넘쳐나는 것만 같았다.

시험 시작종이 울리고 마 교수가 등장했다. 시험이 시작된 지 얼마 되지 않았지만 학생들은 역시나 다들 깐깐한 마 교수의 실기시험과 면접시험 앞에서 당황하며 실수를 연발하고 있었다.

드디어 홍기호의 차례가 다가왔다. 그는 상심한 듯 고개를 숙이고 있는 수많은 학생들을 가로질러 시험장에 들어갔다. 마 교수는 언제나 그랬던 것처럼 차갑게 말하였다.

"홍기호 군. 앞에 있는 자리에 앉으세요."

아로마의 효과로 기운이 넘치는 홍기호였지만 역시 시험에 있어서는 다른 학생들과 크게 다르지 않았다. 아로마를 온몸에 바른다고 해서 갑자기 머리가 좋아지는 것은 아니었으니, 시작부터 긴장한 탓에 실수를 연발했다. 그런데 이상하게도 마 교수는 인상을 펴고 인자한 웃음으로 자신을 대해주고 있었다. 대답이 느리고 말실수를 해도 책상 너머로 보이는 손짓은 모두 정답으로 처리하는 것처럼 보였다. 홍기호는 이 모든 것이 꿈처럼 느껴질 지경이었다.

자신은 그럴듯한 계획을 세웠던 것뿐이지 정말로 아로마가 이렇게까지 효과가 있을 줄은 상상도 못했던 것이었다. 생각보다 엄청난 반응에 그는 처음 진행한 아로마 실험에서 승리자가 된 기분이었다.

"저렇게 차가운 마 교수님을 아로마로 웃게 만들다니."

스스로도 아로마의 힘에 놀랄 수밖에 없었다.

마 교수처럼 차가운 사람도 웃게 만들 수 있다면, 이제는 그 어떤 사람도 내 사람으로 만들 수 있다는 자신감이 생겼다. 드디어 자신이 남들과 동등해지고 평범한 사람이 될 수 있는 기회가 생긴 셈이었다. 아직 시험이 끝나지도 않았는데 벌써부터 마음이 요동치고 있었다.

"결국 나에게도 이런 기회가 있었어. 신은 나를 버리지 않았던 거야."

비록 시험이 남아 있었지만 마음만큼은 통과하고 나서의 여유를 얻은 것 같았다. 하지만 아직 하나의 난관이 남아있었다. 그가 가장 어려워하는 마지막 실습시험이었다. 오랜 시간이 지나 아로마 향은 점점 옅어지고 있을 때였지만, 신이 마지막까지 기회를 주는 듯 홍기호의 순서는 앞에서 두 번째였다.

실습 시험이 시작되고 첫 번째 시험과 다르지 않게 그는 또 실수를 연발했다. 너무 긴장한 나머지 정맥 주사기를 정맥이 아닌 동맥에 꽂았던 것이다. 그런데도 마 교수는 함박웃음을 지으며 다시 해보라고 기회를 주었고, 데굴데굴 구르며 연기하는 환자에게 홍기호가 너무 엄살 부리지 말라고 화를 내도 마 교수는 인자하게 고개를 끄덕여 주었다.

그렇게 계속해서 실수를 한 그에게 오히려 많은 기회가 주어졌다. 시험이 끝나고 그는 아로마의 힘으로 자신보다 똑똑하고 잘난 학생들을 누를 수 있다는 생각에 가슴이 벅차올랐다.

그 기적 같은 시험 후 며칠이 지나 시험 성적이 공개되는 날이었다. 게시판 앞에 모여 있는 학생들 사이로 웅성대는 소리가 그의 귀에 들려왔다.

"홍기호? 그 홍기호가 1등이라고? 말도 안 돼."

그가 최종 본과 4학년 졸업시험에서 모두 A학점으로 1등을 하게 되었던 것이었다. 이것은 부정할 수 없는 아로마의 위대한 힘이었다.

학기 내내 한 번도 대화를 나눈 적이 없던 친구들조차도 어떻게 1등을 했냐고 묻는 통에 그저 운이 좋았다고 밖에는 대답할 수 없었다. 아로마라는 무기는 자신만 알고 있어야 했고 그것은 그의 단점을 극복해 줄 수 있는 세상에 하나뿐인 열쇠였기 때문이었다.

아로마의 힘 덕분에 홍기호는 3년 동안의 불량 학점을 드디어 떨쳐낼 수 있었고, 자신에게 큰 도움을 준 고마운 아로마를 맹신하게 되었다.

"드디어 나에게도 남들과 어울려서 평범하게 살아갈 수 있는 기회가 왔구나."

새로운 인생

　마 교수는 홍기호를 이비인후과 현직 주임 교수에게 특별히 추천까지 해주었다. 실력이 아니라 순전히 아로마의 능력으로 인한 것이었다.
　홍기호는 지금까지 순탄하지 않았던 인생이 너무 잘 풀리고 있어 기쁨의 눈물을 흘릴 수밖에 없었다. 이를 본 마 교수는 그동안의 고생을 인정해주시는 듯 고개를 끄덕이시며 등을 토닥여 주었다.
　"고맙습니다, 교수님. 초심 잃지 않고 나아가겠습니다."
　홍기호는 진심으로 마 교수에게 감사하며 이렇게 말했다.

아로마로 얻어낸 마 교수의 추천서는 홍기호가 인턴 생활을 거쳐 이비인후과로 가는 데 많은 도움이 되었다. 그동안의 삶은 정말 많이 돌아오기도 했고 수도 없이 포기도 했다. 하지만 지금은 어두운 길 사이로 하나 둘 차례대로 가로등이 켜지듯 꿈에서만 보았던 의사의 길이 눈앞에 펼쳐지고 있었다. 믿을 수 없었지만 자신의 선택으로 스스로 만들어 낸 결과였다.

"결국 내가 해낸 거야. 아로마를 만난 건 이미 정해진 운명이었어."

홍기호는 이렇게 외치며 기뻐했다. 하지만 자만하지 않고 현실에 그저 감사한 마음을 갖기로 했다.

'아로마라는 기회가 와서 이를 잘 잡았던 것뿐이다. 이제는 아로마로 꿈꿔왔던 미래를 한 장씩 넘길 차례다.'

그렇게 홍기호는 이비인후과 레지던트 1년 차가 되었다. 꿈에 그리던 이비인후과에 레지던트로 들어온 뒤, 학생 때보다 어렵지는 않겠거니 생각했던 건 크나큰 오산이었다. 생각했던 것과 정반대로 정말 쉽지 않았다.

일단 업무량이 상상 이상으로 많았다. 이과, 비과, 두경부외과

이 특수한 세 분야를 로테이션하며 모두 공부해야 했고 봐야 할 환자도 많았을 뿐더러, 전공책도 정말 어려웠다.

그래도 홍기호는 아로마의 끈을 놓을 수 없었기에 언제나 연구를 병행했다.

어느덧 아로마를 사용한 지 몇 년의 시간이 지나 이제는 예전보다 더욱 능숙하게 좀 더 이로운 쪽으로 아로마를 다룰 수 있었다. 그는 아로마의 실제 효과를 경험해 보았던 터라 지금보다 더 좋은 효과를 얻고 싶었다.

"아로마의 효능이면 환자들도 충분히 만족하며 치료받을 수 있을 텐데…."

그는 일단 점점 많아지는 급성 폐렴과 기관지염 환자들을 위해 아로마를 사용해보기로 하고 이 두 질병에 효과적인 아로마 재료들을 추려 보았다.

유칼립투스[7], 페퍼민트[8], 라벤더[9], 호호바오일[10], 아몬드 오일, 살구씨 오일, 포도씨 오일[11] 등 많은 것들 중 좋은 재료만 뽑아서 아로마를 만들기 시작했다.

이렇게 완성된 아로마 치료제는 실제 좋은 효과가 있는 재료들만 사용했기에 충분히 치료가 될 수 있다는 강한 믿음이 홍기호에게는 있었다.

이제 이렇게 만든 아로마를 환자들에게 처방을 해주는 일만 남았다. 그런데 문제는 이런 처방은 담당 교수가 아니면 불가능하다는 것에 있었다.

홍기호는 곰곰이 생각한 끝에, 담당 교수가 없는 시간에 환자들에게 아로마를 나누어 주기로 결심했다. 그 시간은 주로 응급실 당직이나 주말 당직 시간이었고, 그때는 환자들에게 주사나 약 외에도 아로마를 추가로 처방해주기에 충분한 환경이었다.

이렇게 점점 환자들에게 처방해주다 보니 효과를 본 몇몇 환자들은 따로 찾아오기도 했다.

"홍 선생님. 이번에 주신 약하고 그 향 나는 게 너무 좋아요. 금방 나은 것 같아요."

어느 정도 효과가 있을 거라고 예상은 했지만 환자들의 만족도는 생각보다 훨씬 더 높았다.

다만 문제가 하나 있다면 대학병원에서 아무런 보고 없이 아로마를 처방해 주는 이런 행위가 병원의 규정에 어긋날 수 있었기 때문에, 그 자신이 아로마를 사용한다는 것을 다른 전문과목의 의사들, 특히 타과 교수들에게 철저히 숨겨야만 한다는 것이었다.

하지만 홍기호는 그런 위험을 알고 있으면서도, 이렇게 환자들에게 좋은 평판을 받고, 실제로도 효과가 있는 이 은밀하고도 매력적인 아로마 치료 시도를 도무지 끊어낼 수 없었다.

아로마에 완전히 중독된 것이었다.

제2부

의사의 마음가짐

 최근 1년간 이비인후과에는 다양한 증상을 가진 환자가 많이 다녀갔고, 홍기호는 체계적인 아로마 처방을 위해 통계자료를 만들어 보았다.
 그는 가장 흔한 질환인 비염, 그중에서도 특히 환자 수가 많은 알레르기성 비염에 대해서 특별한 관심을 가졌다. 우리나라 사람들이 많이 앓고 있는 알레르기의 원인은 집먼지진드기나 꽃가루 이런 것들에 의한 발생이라고 볼 수 있었다. 하지만 원인도 모르게 새집증후군이나 기타 자동차 매연, 미세먼지 등의 대기오염에 의한 환경성 비염도 많았다.

이 점을 두고 어떻게 하면 다양한 알레르기를 효과적으로 해결할 수 있을까를 고민했다.

"이런 대중화된 질병에 정말 효과적인 아로마 치료법이 있으면 좋을 텐데…."

자신이 이렇게까지 고민하고 있는 이유는 아쉽게도 쓸 수 있는 약들이 한정적이기 때문이었다. 주로 사용하는 약은 한없이 졸리게 하는 항히스타민제나 스테로이드 알약 또는 스테로이드 코 스프레이였고, 그 외에는 별다른 방법이 없었다. 물론 효과가 좋은 약들이기 때문에 계속 처방을 하고는 있지만, 약이 너무 정형화되어 있다는 생각에 안타까웠다.

그리고 또 한 가지 이유는 약으로 조절이 되지 않으면 수술을 진행해야 하는 경우가 있는데, 문제는 수술법이 너무 침습적이라는 것이었다. 코 안의 점막과 뼈와 연골을 제거하는 방식의 수술이었기 때문이다.

홍기호는 비염 치료에 이런 한정된 내·외과적 방법이 전부라는 사실이 무척이나 실망스러웠다.

'분명 내가 더 간절하게 찾아본다면 아로마로 해결할 수 있을 거야.'

그는 자신이 하지 않으면 달라지지 않는다는 생각에 각종 아로마 관련 서적들과 인터넷 그리고 실제 아로마테라피를 시행하고 있는 연구원들에게도 자문을 구했고, 여러 가지 조건들을 비교 분석해 본 끝에 라벤더, 유칼립투스, 파인[12], 백리향, 헬리크리섬 등을 비염 치료를 위한 아로마 재료로 선택하였다.

이 재료들로 만들어질 아로마는 램프법으로 사용할 때의 효과는 물론, 적당량으로 하는 마사지법과 목욕법까지 다양하게 적용 가능할 것이었다.

그는 한 점 의심도 없는 굳은 신념으로 재료들을 준비하고 아로마 블랜딩에 들어갔다.

이런 방식으로 그는 자신이 아닌 고통 받는 환자들을 위해서 확실한 자료와 경험으로 쌓인 내공으로 자신만의 처방법을 만들어 가기 시작했다.

아로마에 대한 진심

아로마테라피를 위해 좋은 재료들만을 골라 블렌딩을 하기 시작하고 얼마 후, 그는 드디어 아로마 블렌딩을 완성했다. 그러나 막상 치료 목적으로 환자들에게 주려고 하자, 처음 졸업 시험을 위해 아로마를 만들었을 때와는 비교할 수 없을 만큼 떨렸다.

"공들인 만큼 환자분들에게 효과가 있어야 할 텐데…."

홍기호의 마음 한편에는 걱정이 일고 있었다.

자신 있게 재료를 고르고, 일주일도 안 되어서 제조까지 완료했지만 처음인 만큼 자신감이 생기지 않았다. 졸업시험에서 사용한 아로마는 시험 합격 목적을 가지고 자극적으로 만든 반면, 지금 만든 것은 고통을 받는 누군가를 위해 제조를 했다는 데 큰 차이가 있었기 때문이다.

사실 이렇게 도전을 한 것은 홍기호 자신이 직접 아로마 향으로 말도 안 되는 좋은 경험을 했었기에 아로마의 효과를 진정으로 증명하고 싶은 마음도 컸다.

지금껏 아로마를 사용함으로써 그에게는 더 강력한 믿음이 생겨 있었고, 이와 같은 아로마 치료케이스들이 축적되면 더욱 더 많은 환자에게 도움을 줄 수 있을 것이기 때문이었다.

아로마테라피

 드디어 직접 만든 치료제를 사용할 수 있는 주말 당직이 돌아왔다. 홍기호는 부푼 마음을 안고 자신의 아로마를 가방에 잘 숨겨서 병원에 들어갔다. 진료실은 여느 때와 같이 비염 환자들로 넘쳐나고 있었다. 그는 환자들 중에서도 자주 내원을 해서 안면이 있는 사람들 위주로 아로마에 대한 효과를 설명하고 권해드리기로 했다.
 "환자분, 이 병에 있는 것이 좋은 재료들로 만든 아로마 추출물이에요. 약과 같이 사용하시면 지금보다 숨 쉬는 게 좀 편해지실 거예요."

그는 환자에게 자연스럽게 아로마를 권했다.

"향이 정말 좋네요. 약 말고도 이런 좋은 치료 방법이 있었나요? 말씀해주신 대로 오늘부터 조금씩 사용해보겠습니다. 감사합니다, 선생님."

환자 중 대다수는 당장 숨 쉬는 게 편해진다고 하면 바로 수술도 진행할 의향이 있을 정도로 불편한 사람들이었다. 환자들은 그만큼 일상생활이 많이 힘들기도 하였고, 얼른 답답한 비염에서 벗어나 남들과 같이 평범하게 잠을 푹 잘 수 있게 되기를 원하고 있었다. 홍기호는 이 점에서도 참 많은 것을 느꼈다.

자신이 생각하는 대부분의 사람들이 평범함을 간과하고 더 많은 것을 갈망하는 것은 아닌지, 혹은 어떤 것이 평범함의 기준인지에 대한 고민이었다. 하지만 정답도 오답도 없는 질문이기에 그는 시간이 날 때마다 자기 스스로에게 이것을 되묻곤 했다. 하지만 무엇보다 현재 자신의 일과 주어진 상황에 감사하기로 했다.

그렇게 여러 생각을 하며 지내다 보니 어느덧 환자들에게 아로마를 처방해준 지 일주일이라는 시간이 지나고 있었다. 홍기호는 환자들 중 아로마를 가장 오래 사용한 환자에게 물었다.

"지난주에 받으신 아로마는 꾸준히 사용해 보셨어요? 어떠셨어요?"

떨리는 마음이었다. 환자는 기다렸다는 듯 아로마 얘기가 나오자 반색하며 말했다.

"선생님. 제가 예전부터 코가 막혀서 잠을 잘 못 잤는데, 끼니마다 약 잘 챙겨먹고 아로마를 같이 사용하니까 코도 안 골고 아주 잘 자고 있어요. 감사합니다."

홍기호는 그 말에 기분이 좋았으나 '정말 아로마가 만들어낸 결과인가?'에 대한 의구심이 들어 처방을 내린 다른 환자들에게 직접 찾아가서 물어보기도 했다.

대개 적정량의 아로마를 처방에 맞게 잘 사용한 환자들은 먹는 스테로이드 약이나 코 스프레이 사용량이 많이 줄었을 뿐 아니라, 잠 잘 때도 편안하게 숙면을 취했다고 했다. 아울러 코골이 증상도 많이 완화되었다는 것을 알게 되었다.

그는 말 그대로 하늘을 날 것처럼 기뻤다. 아로마 치료제의 효과가 점점 실제로 증명되고 있었다. 홍기호의 기대는 곧 확신으로 바뀌었고 자신이 과거에 사용한 아로마 효과도 근거를 찾을 수 있다는 성취감에 머리가 뜨거워졌다.

"유레카. 그래 이럴 때 유레카를 외치는 거지."

고대 그리스의 수학자이자 물리학자였던 아르키메데스가 왕관의 무게 측정에 대한 고민을 하던 중 목욕을 하다 깨달은 것처럼 그 또한 무언가 머리를 강하게 치는 느낌을 받았다.

홍기호는 이제 아로마를 자신만 사용하는 것이 아닌 환자들을 위해 이로운 목적으로 자신 있게 제조하고 연구할 수 있게 되었던 것이었다.

아로마 효과 1 : 사랑

자신감에 가득 찬 홍기호는 더 많은 환자들에게 아로마를 처방해주었다. 그리고 어떻게 입소문이 났는지 시간이 갈수록 그를 찾는 환자들은 점점 더 많아졌다. 고작 레지던트 1년 차일 뿐인데, 감사하게도 교수들의 이름을 찾는 환자보다 그의 이름을 찾는 환자들이 훨씬 많아지게 되었다. 정말 기이한 현상이라고밖에 할 수 없었다.

"드디어 노력의 결실이 꽃을 피우는구나."

그는 새삼 감동스러웠다.

그렇게 너무나 과분한 인지도를 쌓으며 그가 할 수 있는 한 모든 아로마 치료제를 공부하고 탄탄대로로 이비인후과 레지던트를 마치게 되었다. 그 후에 치러야 할 이비인후과 전문의 시험도 거뜬하게 통과하고 생활도 안정적으로 바뀌어 그의 인생에서는 없을 것 같던 결혼에 대한 생각이 생겨나더니 점점 커져가기 시작했다.

하지만 150cm밖에 안 되는 키를 가진 남자를 만나줄 여성은 많지 않았다. '아니 아예 없을 수도 있다'고 그는 생각했다.

"한 단계 한 단계 나아가고 있었지만, 이번만큼은 정말 쉽지 않네."

그가 생각하기에 자신이 결혼하기 위한 방법은 하나밖에 없었다. 결혼정보업체에 정보를 등록해서 그나마 가지고 있는 전문의 자격증으로 기준에 맞는 여성을 만나는 것이었다.

스스로 생각하기에도 이 방법은 사랑보다는 결혼이라는 목표를 위해서 진행하는 절차 같았다. 하지만 이 모습으로 세상에 나가서 결혼 상대를 만나는 것은 사실상 불가능에 가깝다고 생각했다.

결국 홍기호는 업체에 등록을 해서 사회적으로 명망 있고 경제력이 있는 집안의 여성을 선택하기로 마음먹었다. 그러기 위해서 그는 앞으로 계속해서 맞선을 봐야 했다. 다양한 환자들을 만나며 대인기피증은 많이 좋아졌지만 이성이라는 존재를 만나는 것과는 전혀 달랐다. 일적인 부분을 떠나서 사적으로 이성을 만난다는 것은 자신이 상상할 수 있는 분야가 아니었다.

그는 이번에도 아로마의 힘을 빌려 단점을 극복하기로 마음먹었다. 살면서 이성에게 대화를 시도해 본 적이 거의 없었고, 말만 해도 덜덜 떨며 자신감이 떨어졌었기 때문에 이번에도 아로마를 믿을 수밖에 없었다. 이제는 아로마 없이는 다른 사람을 대할 수 없을 정도로 아로마에 깊이 의존하게 된 그였다.

홍기호는 맞선을 위해 특별한 아프로디시아(aphrodisia) 아로마를 준비하기 시작했다. 인생에 있어서 가장 중요한 순간이 다가오고 있다는 생각에 수많은 생각이 들었다.

"아로마 없이는 이 자리까지도 오지 못했고, 결혼을 꿈꾸지도 못 했을 거야. 아로마는 정말로 유일하게 나의 한계를 채워주고 이끌어주는 신적인 존재야."

홍기호는 맞선을 위한 아프로디시아 아로마를 준비하며 더 정밀하게 만들기 위해 잠을 줄이고 아로마 연구에 전념했다. 아로마에 관련된 것이라면 외국 원서나 새로 나온 논문, 그 어떤 것도 빼놓지 않고 모든 자료를 모으며, 새로운 정보도 꾸준히 업데이트했다.

맞선 날이 점점 다가오자 가장 효과가 좋을 것으로 여겨지는 재료를 최종적으로 선택했다. 그것들은 로즈[13], 재스민[14], 클라리세이지[15], 미르, 프랑킨센스[16] 등으로 이렇게 많은 재료를 빠짐없이 챙겨 놓은 이유는 그 자신의 필살기가 될 아로마를 제조하기 위함이었다. 은은하게 퍼지는 향기로 모든 사람이 자신에게 빠질 수 있는 강력한 아프로디시아 아로마, 그가 결혼에 다가가기 위해선 꼭 그것이 있어야만 했다.

드디어 맞선 날. 그는 평소에도 아침마다 아로마를 발라왔지만, 이번엔 힘들게 만들어낸 아로마인 만큼 더욱 신중하게 온몸에 바르고 있었다. 오묘한 향취가 그를 감싸오기 시작했다.

상큼하고 달콤한 플루트 향으로 시작해, 재스민, 튜베로즈, 백합 등 화이트 플로럴의 미들 노트로 이어지면서 시종일관 달콤한 향이 감돈다. 과일향이 끈적한 달콤함이 풍성한 화이트 플로럴 꽃다발에 파묻힌 듯 조화를 이루고 패츌리의 이끼 냄새와 따뜻함이 조화를 이루면서 아지랑이가 된다. 여기에 스파이시한 향이 관능미를 더해 주는데, 무겁지도 가볍지도 않는 느낌이 전체적으로 달콤면서도 풍성한 꽃향기가 되어 성숙한 남성의 매력을 느끼게 해주었다.

'그래 이 정도면 충분해!'

그렇게 준비를 마치고 약속 장소인 호텔로 출발했다.

10분 전에 도착해서 자리에 앉아 있으니, 잠시 후 한 여성이 다가와 인사를 건넸다.

"혹시…."

어색한 듯 고개를 반쯤 숙이며 얘기를 건네는 얼굴이 매우 아름다웠다.

"아, 예…. 홍기호입니다. 이리로 앉으세요."

잠시 어색한 기운이 감돌았다.

"혹시 괜찮으시면 저와 함께 좀 걸으시겠어요?"

"여기가 불편하세요?"

"아니요. 걸으면서 얘기를 하고 싶어서요. 호텔 안이 답답하네요."

첫 만남은 서로에 대한 고도의 탐색전을 펼치는 시간이라 서로 어색해지기 쉽다. 그 어색함을 무마하고자 자신에 대해 이야기하는 것은 좋지만, 예의에 벗어나지 않는 정도에서 자신을 어필해야 했다.

홍기호는 미리 준비한 대사를 끄집어냈다.

"고등학교 후배가 운영하는 조그마한 일식집이 근처에 있는데 거기서 편하게 식사하면서 얘기하시면 어떨까요?"

"예, 좋아요."

미소를 지으며 말하는 그녀의 모습이 선해 보였다.

작전은 성공적이었다. 그의 향기는 좁은 식당 공간 속에서 더욱 화려하게 뿜어져 나왔고 여유 있게 대응하는 모습과 부드러운 미소로 대화를 이끌어 가는 모습에 첫 만남의 어색함은 이내 사라지고 없었다.

"의사가 되려면 공부를 많이 하셨겠네요."

"글쎄요, 공부는 많이 한 거 같은데 잘하지는 못한 거 같아요."

"그럴 리가요? 의대를 아무나 가나요."

"제가 올 수 있었으니, 다른 사람들도 가능할 거예요. 저는 제 머리가 좋다고 생각해 본 적이 없어요."

자신의 장점을 자랑하는 것과 잘난 척하는 것은 엄연히 구분되는 것이었고, 홍기호는 자신을 낮춤으로써 자신을 드러내는 고도의 전략을 사용하였다.

"형이 머리가 안 좋으면 누가 좋아요?"

스시를 쥐고 있던 후배 성민이의 적절한 도움이었다.

"이 형이 고등학교 때 1등을 놓친 적이 없었어요."

"아~ 그랬었나? 그런데 우리 반은 2명밖에 없었지. 그리고 아마 다른 한 명은 체육 특기생이라…."

기호가 웃으며 말했다.

"이 형의 단점은 아무리 노력해도 농담이 늘지 않는다는 거예요. 하하."

자리에 있는 다른 사람들이 모두 같이 웃었다.

'다행이다.'

기호는 속으로 생각했다.

두렵고 어색할 것 같던 시간은 이제 나름의 편안한 시간으로 바뀌어져 있었다.

"오늘 너무 즐거웠어요. 식사도 맛있었고요."

"아, 예… 다행이네요."

"저… 혹시 다음 주 토요일에 시간 되시면 이번엔 제가 저녁을 대접하고 싶은데요."

"아, 예… 그럼요. 감사합니다."

기호는 그녀의 갑작스런 제안에 고개를 숙여 인사하였다.

"뭐가요?"

그녀가 미소를 띄운 채 짐짓 놀리는 투로 물었다.

"아… 아니요…. 감사합니다."

기호는 또 다시 인사를 했고, 두 사람은 누가 먼저인지 모르게 동시에 웃음을 터트렸다.

홍기호가 알고 있는 바에 의하면 맞선 상대의 아버님, 즉 만약 결혼을 하게 되면 그의 장인어른이 되실 분은 검사장을 역임하신 분이었고, 그의 맞선 상대인 그녀는 방송국 아나운서 출신이었다. 게다가 그녀는 프랑스어를 전공하고 신문방송학으로 석사를 마친 유학파였다.

그는 시작부터 기가 죽었다. 어쩌면 당연한 것이 그의 집안은 정말 아무것도 없었다. 가지고 있는 거라곤 가난과 생계를 위한 얼마 되지 않는 밭이 전부였다. 그러면 안 되는 걸 알고 있었고, 지금까지 그런 적도 없었지만 이날만큼은 부모님이 조금 원망스러웠다. 여자 쪽은 재벌 부럽지 않는 재력과 명망에 권력까지 겸비한 집안이었다.

"이 꿈이 깨지지 않으면 좋으련만."

그렇게 새로운 인연과의 만남이 시작되었다.

3개월간의 만남 끝에 그녀의 부모님께 인사를 드리게 되었다. 또 다른 고비가 될 수 있었다.

그는 그저 빨리 그 상황에서 벗어나고 싶었다. 둘 사이의 만남은 잘 헤쳐 나갔는데 이번에는 만만치 않을 거 같다는 불안감에 휩싸였다.

"처음 인사드리겠습니다. 홍기호입니다."

"예, 반가워요."

예비 장모님의 반가운 목소리가 들려왔다.

틀림없이 실패구나, 라고 생각하던 찰나에 아프로디시아 아로마의 효과가 있었던 것일까. 자기 앞에 앉아 있는 두 여자는 작은 키와 왜소한 몸, 좋지 않은 피부와 은둔적인 그의 성격을 전혀 신경 쓰지 않았다.

오히려 항상 웃는 얼굴로 그를 대해주면서 장점 아닌 장점을 만들어 칭찬해 주었다. 고뇌를 거듭해 만들어낸 아로마의 효과가 확실히 작용하고 있었다.

"부모님은 무슨 일을 하시지?"

그녀의 아버님이 진지한 말투로 물었다.

"아버지께서는 농사를 지으시다 얼마 전에 병환으로 돌아가시고 어머니는 시골집에 계십니다."

"음….."

예비 장인은 뭔가 불편하다는 듯 계속 입을 쩝쩝거렸다.

홍기호는 검사 출신인 장인이 자신을 탐탁하게 여기지 않는다는 것을 느꼈다.

"그래 전공은 뭘 한다고?"

"예, 이비인후과입니다."

"음… 그 과가 돈이 되나? 개원할 자금은 있고?"

검사 출신답게 취조가 이어졌다.

"열심히 해 볼 생각입니다."

"열심히 하는 건 중요치 않아. 잘 해야지."

"아… 예. 열심히도 하고 잘 하겠습니다."

남자한테는 아프로디시아 아로마의 효과가 없는 듯했다. 그렇지만 아무것도 없이 태어난 자신에게 이들이 가지고 있는 사회적 지위는 인생에 있어서 사다리가 되겠다는 생각에 어떻게든 잘 보이고 싶었다.

그것에 생각이 미치자, 적극적으로 대응할 수 있었다. 장모와 미래의 아내에게 끊임없이 듣기 좋은 칭찬 세례를 날렸고, 그의 작전이 통했는지 훈훈한 분위기에서 성공적으로 부모님과의 첫 만남을 마무리할 수 있었다. 만남을 계속 이어 나갈 수 있게 된 것이었다.

그 후로 서너 번 더 저녁 식사 초대를 받아 그녀의 집에 갈 때마다 홍기호는 온몸에 강력한 아프로디시아 아로마를 발라 강한 인상을 심어주었고, 결국 아로마 효과를 이용한 치밀한 계획에 따라 결혼에 성공할 수 있었다.

장인의 반대는 향기에 세뇌된 딸과 부인을 이기지 못했다. 그는 이제 오롯이 아로마만을 믿고 삶을 살아가는 존재가 되었다. 아로마로 인해 큰 사회적 지위를 얻을 수 있는 매개체가 생겼고, 꿈에 그리던 평생의 동반자까지 생긴 셈이니 말이다.

"나 같은 사람도 꼭 실패할 거라는 보장이 없구나. 시골 촌놈이 성공했네. 어머니 잠시라도 원망해서 죄송했습니다. 사랑합니다."

아로마 효과 2 : 결혼

신혼생활을 즐기는 동안에도 홍기호는 잠시도 아로마를 손에서 놓지 못했다. 이 모든 것이 신적인 아로마가 준 선물이기에 잠시라도 게을리하면 지금까지 쌓아 올린 업적이 한순간에 무너질 수 있다는 불안감 때문이었다.

홍기호는 누구보다 이성적으로 변했으며 자신의 아내는 자신이 아닌 그의 작품인 아프로디시아 아로마를 사랑하는 것이라고 매일 되새겼다.

그래야만 결혼이라는 이 비현실적인 상황에 빠지지 않고 자신의 사회적 위치와 아로마 연구를 위해 경제적인 실속과 실리를 유지할 수 있었다. 홍기호는 한 번도 자신을 이기적이라고 생각하지 않았다.

"내가 선택할 수 있는 최선이었고, 어쩔 수 없이 나도 살아가야만 하니까."

홍기호는 이렇게 중얼거렸다.

결혼생활은 정말 믿기지 않았다. 잠에서 깨어나 이렇게 아름다운 여자와 함께 아침을 맞는다는 것은 상상조차 해 본 적이 없던 행복이었다.

그러나 이 행복감이 계속되게 하기 위해서는 아로마의 강도를 조금씩 올릴 수밖에 없었다. 전날보다 조금이라도 약한 아로마를 사용하면 아내와 장모의 반응이 바로 달라지기 때문이었다. 그래서 홍기호는 자신의 의지와는 상관없이 더 강력하고 자극적인 아로마를 찾아야만 했다.

"이렇게 계속 강해지기만 하다가는 정말 큰일나겠어. 다른 방법이 없을까?"

살얼음판을 걷는 듯한 불안감을 느꼈지만 아로마 없이는 지금 당장의 일상을 유지할 수 없었다. 매일 조금씩 더 강한 아로마를 사용했기 때문에 아직까지 결과는 좋았다.

결혼하고 좀 지난 후에는 장인도 그에 대한 신뢰가 어느 정도 쌓였는지 그를 적극적으로 밀어주었다. 장인의 재력과 인적 네트워크로 모교 이비인후과 교수 자리를 보장받을 수 있었다.

아마 이런 도움이 없었더라면 혼자 힘으로는 그 자리까지 가는 데 오래 걸리는 것은 당연한 일이고, 어쩌면 아예 교수가 되는 건 불가능했을 수도 있었다. 그렇기 때문에 홍기호는 장인어른에게 은혜를 갚듯 매일 같이 전화로 안부 인사를 드리고 진심을 담아서 감사 인사를 했다.

아로마 덕분에 그는 자신만의 비밀무기와 장인의 후광이라는 두 개의 칼을 지닐 수 있게 된 셈이었다. 그리고 자신에게 도움을 준 모든 사람들을 실망시키지 않기 위해서 정말 미친 듯이 일에 매달렸다.

아로마 효과 3 : 종결

그런데 어느 정도 시간이 지나면서 상황은 달라져 가고 있었다. 어디에서부터 잘못된 것인지 결혼생활에 있어서 문제가 점점 발생하기 시작했다. 아내의 반응은 식어가고 웃으며 반겨 주시던 장모의 얼굴도 많이 어두워지고 있었다.

"여보, 내일 새벽 방송이 있어서 일찍 자야 하는데 다른 방에서 자면 안 될까?"

"그래도 부부인데 같은 방을 써야지."

"아니, 내가 불편해서 잠을 못 잔다고."

"왜 내가 같이 자는 게 불편해?"

"얘기했잖아. 내일 새벽방송이라 준비하고 나가려면 일찍 일어나야 하고 당신이 새벽에 깨면 서로 불편하잖아."

"나는 괜찮아."

"제발 그냥 가서 자라고, 왜 말귀를 못 알아들어?"

아내는 급기야 화를 내면서 베개를 바닥에 던져버렸고, 그 행동에 아무 말 없이 옆 방으로 향하는 홍기호의 표정은 매우 어두웠다.

"아로마 효과가 정말 끝을 향해 다가가고 있는 걸까? 아니면 샤워를 해서 그런가?"

그저 혼자 되뇌는 수밖에 없었다.

자신에게 주어졌던 모든 기회와 여유가 한 순간에 무너져 내리고 있다는 것을 알아차렸을 때는 이미 너무 늦어 있었다.

매일 불안감에 시달려서 일과 아로마 모든 것이 손에 잡히지 않고 삶은 점점 피폐해져만 갔다. 이렇게 된 이유는 아로마의 효과가 떨어진 것 말고도 수없이 많았다.

홍기호는 아내에 비해 가진 것이 너무 없었다. 현재의 수입도 아내는 탐탁지 않아 했다. 주니어 교수의 월급은 정말 적었고, 거기에 더해 그 얼마 안 되는 돈을 쪼개서 시골에 있는 어머니께 매달 생활비를 보내드려야 했다. 태어나서부터 지금까지 홍기호는 돈에 여유로웠던 적이 없었다. 농사를 도울 때부터 어쩌면 평생 그런 운명으로 정해졌는지도 몰랐다.

공책 한 권이 아까워 강의실에 남은 종이를 모아서 필기를 했던 그의 습관은 사실 성인이 되고 결혼한 지금까지도 달라지지 않았다. 굶지 않기 위해서, 그저 생존을 위해 돈을 벌어야만 했다.

이렇게 궁핍한 모습이 점점 드러나자 살면서 한 번도 이런 것을 겪어본 적이 없는 아내는 전혀 공감하지 못했고, 오히려 어떤 더러운 것이라도 되는 듯 자신을 대했다. 그녀는 언제부턴가 항상 그에게 눈치를 주고 있었다. 결국 홍기호는 자신의 이런 비참한 생활에 고개를 떨구고 말았다.

"나에게 자식이 생긴다면 정말 가난을 물려주지 않겠어."

거기에 더해 아직 더 큰 문제가 남아 있었다. 매일 같이 강도를 올려왔던 아프로디시아 아로마의 효과가 점점 희미해지면서 끝없는 어둠 속으로 사라져만 가는 것 같았다.

대부분의 약들이 그렇듯이 아로마 역시 장기간 사용하면 내성도 생기게 되고, 농도를 정확히 조절하지 않으면 제대로 된 효과를 내지 못하는 것이었다. 하지만 그는 이 사실을 알고 있음에도 지금 당장의 달콤한 인생에 너무 빠진 나머지 하루라도 더 행복하게 보내고 싶은 마음뿐이었다.

임종을 앞두고 산소호흡기에 의존한 채 겨우 숨만을 헐떡이는 시한부 생명처럼 그는 그저 삶을 꾸역꾸역 이어나갔다. 당장 죽지는 않지만 죽음을 앞둔 환자와 별반 다를 것이 없었다.

시한부 환자는 자신이 곧 죽게 된다는 사실을 받아들이거나 그 아픔을 감당할 수 없을지도 모른다. 하지만 이 또한 현실이니 안타깝지만 자신의 불가피한 운명을 파악하고 인정해야 하는 것이다. 즉 자신의 죽음을 받아들이는 방법밖에 없다.

이쯤 되면 의사가 환자에게 해줄 것은 몇 가지 없었다. 그 중 하나는 환자 스스로가 힘들지만 상황을 받아들일 수 있도록 안내를 해주거나, 혼자 생각하기 좋은 환경을 조성해주는 것이었다.

홍기호는 지금 이 시한부 생활을 이해시켜주고 현실을 인정할 수 있도록 만들어줄 의사가 필요했다. 하지만 그의 인생에 있어서 그 의사 역할을 해주는 것은 자신과 대화를 나누어 줄 누군가가 아니라 다름 아닌 아로마였다.

"나는 도대체 무엇을 보고 살아왔지? 나한테 어떤 게 남아있는 거지?"

그 아로마도 이젠 끝이었다. 강도를 아무리 높여 사용해도 아내와 장모님은 더 이상 영원하고 무조건적으로 자신의 편이 되어주지 않았다.

아로마 효과가 끝나고 자신에 대한 감정이 사라진 아내는 며칠 전부터 그의 본 모습이었던 작은 키와 곰보처럼 피어난 여드름 흉터로 뒤덮인 피부를 인식하기 시작했다. 그리고 자신보다도 왜소한 홍기호의 부끄러운 몸을 보고 눈앞에서 백안시하며 대놓고 치를 떨기 시작했다.

운 좋게 시작된 행복했던 결혼 생활은 정말 잠시였다. 아로마에 의해서 이루어진 결혼은 오래가지 못했다.

"우리 이제 그만 정리했으면 좋겠어."

"무슨 소리야?"

"나 다른 사람 생겼어. 이미 아빠도 승낙하셨고, 그 사람이랑 살고 싶어."

"거짓말 하지 마!"

"사실이야."

"그 사람이 누구야?"

"같은 방송국 허 국장님. 당신도 알고 있잖아."

"……."

배신감에 아무 말도 할 수가 없었다.

파경

홍기호는 자신의 결혼은 이미 끝났다는 것을 알고 있었지만 눈앞에 보이기 시작한 현실을 받아들일 수 없었다.

"이제야 겨우 내 삶이 안정되나 싶었는데 결국 결론은 이거였구나."

홍기호는 좌절감에 몸부림쳤다.

아내가 경멸에 찬 눈빛으로 자신을 볼 때마다 한없이 작아졌다. 아로마로 인해 가득 차 있던 자존감은 점점 낮아져 갔고 대학 시절의 외롭고 무능력한 모습으로 되돌아가고 있었다.

결국 결혼 2년이 되던 쯤에는 별거에 들어갈 수밖에 없었다.

그녀는 재혼을 하여 새로운 인생을 시작하려 하였고, 장인의 협박 아닌 협박과 회유에 이혼서류에 반강제로 도장을 찍게 되었다. 장인의 능력으로 얻어진 서울 소재의 대학병원 교수직에서는 쫓겨나게 되었지만, 이혼을 전제로 천안에 있는 대학병원으로 자리를 옮길 수 있게 해주었다.

이런 파멸적인 결론이 일어날 것을 알고 있음에도 아로마에 중독된 나머지 자신의 인생과 맞지 않는 턱없는 시도를 했던 것은 아닐까 생각해 보았지만, 그는 아로마가 자신을 배신한 것이 아니라, 다만 자신이 아로마를 자신의 야망 속으로 끌어들인 것뿐이라고 결론을 내려야만 했다.

비참하게 모든 것을 정리 당하고 지방으로 쫓겨나 교수직을 이어가는 그의 얼굴에서 미소는 점점 사라져갔고, 한없이 어두워져만 갔다.

자신이 학생 시절부터 다니던 모 병원이 아닌 지방의 새로운 대학병원에서 마음 편히 자리 잡고 교수 생활을 지속하는 게 쉽지만은 않았다.

"이제 정말 내가 하고 싶은 것을 찾아가야 할 시기가 왔구나."

주변 모두가 다 떠나간 그에게 남아 있는 것은 아로마뿐이었다. 그것은 항상 곁에 있어주는, 오랫동안 지내온 고향친구 같았다. 홍기호는 이제 그토록 하고 싶었던 아로마테라피와 아로마 연구의 정점을 찍기로 마음먹었다.

이제 그는 직접 진료를 하고 아로마를 맘껏 처방할 수 있기에 누구의 눈치도 보지 않고 마음껏 아로마를 연구하며 활용할 수 있는 환경이 만들어진 것을 그나마 다행이라 여겼다.

교수 기질

홍 교수는 원래 강의하는 것을 좋아했다. 어린 시절부터 그는 농사일을 하기 싫은 마음에 공부라는 좋은 핑계를 대고 농사일에서 도망쳐 나왔을 때도, 그때그때 새로 공부한 내용을 동생들에게 알려주곤 했었다.

하지만 하루 먹고 하루 살기 힘들었던 부모님을 포함한 그의 가족들은 그의 새로운 지식에 크게 관심을 갖지 않았다. 자신에게 어떤 일이 있었는지 얘기하고 싶어도 그러지 못하며 항상 눈치를 보던 그에게 유일한 동료이자 친구는 선생님들이었다.

시골 출신이지만 고맙게도 만나는 선생님들마다 그에게는 좋은 스승이자 항상 옆에 있어 주는 말동무가 되어주었다. 그런 선생님들로부터 좋은 학습법과 사람과 대화하는 방법을 매일매일 습득할 수 있었다. 어쩌면 그에게는 타고난 스승 운이 존재했을지도 모른다.

그렇게 유년 시절을 보낸 그는 어느덧 성인이 되어 큰 병원에 정착하는 듯했지만 안타깝게도 지방으로 밀려 나서 그 근방의 대학병원에 들어오게 된 것이다.

진료가 한참이던 어느 날이었다. 홍 교수의 전화가 울리기 시작했다.

"안녕하세요, 홍 교수님. 본과 3학년을 맡고 있는 담당 교수입니다. 혹시 시간 괜찮으시면 한 타임만 강의를 해 주실 수 있을까요?"

"물론이죠. 준비하겠습니다."

'그냥 강의도 아니고 나와 같은 의사의 꿈을 키워 나가는 의과대학 학생들이 모여 있는 의대에서 강의 제의가 오다니….'

홍 교수는 정말 꿈만 같았다.

"시간만 미리 정해주시면 차질 없이 준비하도록 하겠습니다."

그렇게 그는 인생에서 꿈꿔왔던 첫 강의를 준비하게 되었다.

드디어 첫 번째 강의가 시작되는 날, 그는 두근거리는 가슴으로 강의실에 도착했다. 처음인 만큼 성실하게 강의를 진행하고자 다짐하고 있었지만 예상과는 다르게 시작되었다. 강의실에 들어서자마자 그의 얼굴은 잠시 찌푸려졌다.

"어우, 고약해. 이게 도대체 무슨 냄새야."

이제 막 점심 식사를 마치고 온 백 명에 가까운 학생들이 온갖 음식 냄새와 함께 잡다한 냄새를 풍기고 있었고, 수컷과 암컷들에게서 나오는 뒤섞인 페로몬과 땀 냄새, 교실에 있는 오랜 의자에서 나오는 상한 가죽 벨트 같은 기괴한 냄새가 교실 안을 가득 메우고 있었다.

"시작부터 쉽지 않군."

본과 3학년들도 다를 것 없이 점심을 먹고 나서 벌써 꾸벅꾸벅 조는 학생들도 몇몇 눈에 띄기 시작했다.

"나도 저런 시절이 있었지. 아무것도 모르고 졸 때가 제일 행복했을 수도 있지."

정해진 시간이 있었기에 바로 강의를 시작해 나갔다.

강의 주제는 바로 후각이었다. 몇천 년간 해부학적 변화가 없었던 뇌신경 1번인 후각 신경과 대뇌변연계부터 시작해서 최근 이슈였던 정자에도 코가 있다는 연구내용까지 모두 준비한 홍 교수는 곧바로 준비한 내용을 일목요연하게 써내려 가며 강의를 시작했다.

"혹시 정자에도 후각수용체가 있다는 것을 아셨나요?"

그 말에 학생들은 뭐가 그렇게 좋은지 깔깔거리며 웃기 시작했다. 갑자기 여기저기서 어디론가 손가락질을 하며 학창시절 했을 법한 농담을 하는 것이 아닌가.

"우리 과에 저기 '이정자'라는 애가 있어요."

"하하하. 그렇군요. 멋진 이름이네요."

홍 교수는 학생들의 부산스러운 잠깐의 웃음소리마저 행복했다. 그 웃음이 그에게는 추억을 회상할 수 있는 매개체가 됐기 때문이다.

'참 좋을 때였지. 누구에게나 한번쯤은 돌아가면 좋을 것 같은 시절일 거야.'

그런 생각도 잠시, 홍 교수는 첫 강의에서 실수하지 않기 위해 집중하며 강의를 이어 나갔다.

"인간은 개에 비해 훨씬 뒤떨어진 후각 기능을 갖고 있습니다. 동물들에게 후각은 먹이를 구별해 생존을 가능하게 하는 매우 중요한 감각이죠. 혹시 프로이트에 대해 읽어본 사람 손들어 볼까요."

곳곳에 손을 들지 않은 학생들도 있었지만 거의 대부분 손을 들었다. 그래도 본과 3학년쯤 되는 학생들이다 보니 어느 정도 지식은 가지고 있어서 강의하기가 조금 수월했다.

"여러분들 중에 알고 있는 학생도 있겠지만 프로이트에 의하면 인간의 후각이 발달하지 못한 것은 직립 보행을 하면서 퇴화했기 때문입니다. 그럼에도 인간의 후각은 매우 중요한 감각이며 뛰어난 기능을 갖고 있지요. 먼저 코의 구조에 대해 알아보겠습니다."

이제야 조금 흥미로운 소재가 나왔는지 학생들의 눈빛에 생기가 돌기 시작했다.

"비강이라고 부르는 콧구멍 안쪽에는 우리 눈으로도 쉽게 볼 수 있는 코털 외에 섬모라는 현미경으로만 관찰이 가능한 미세한 털들이 코 안 점막의 전체에 분포되어 있습니다. 이 점막에서는 끈끈한 점액이 분비돼서 코가 마르지 않게 하고, 먼지나 세균으로부터 점막을 보호합니다."

어느 곳에 가도 그런 학생이 있다. 질문이 많은 학생. 궁금한 것이 많아 보이는 눈에 띄는 한 학생이 질문을 했다.

"교수님. 그럼 섬모는 정확히 어떤 역할을 하나요?"

"좋은 질문이에요. 섬모는 이물질을 직접적으로 걸러주는 것은 아니며 점막이나 분비물을 어떤 방향으로 밀어내면서 흐름을 만들게 됩니다. 파동을 일으키면서 특정 방향으로 운동하여, 분비물이나 점액 같은 액체를 보내는 역할을 합니다. 이 액체의 흐름에 의해 이물질이 밀려나거나 청소될 수는 있겠죠. 가장 중요한 코의 기능은 냄새를 맡는 것인데요. 코 속 점막 중에서는 냄새를 식별하는 후각 세포가 분포돼 있는 곳이 있습니다. 냄새 분자는 이 점액층을 지나야만 후각 수용기와 결합할 수 있는데, 수용기에 붙은 냄새 분자들의 정보는 전기 신호로 바뀌어 후각 신경 세포를 타고 올라가 전달됩니다. 그런 다음 뇌의 여러 부위로 전달돼 냄새를 느끼게 되는 것이죠."

여기까지 말하자 조용한 탄성이 들려왔다. 학생들에게 존재감이 희미했던 홍 교수가 프로페셔널하게 보였던 것이다.

그는 학생들이 하나 같이 받아 적으며 이해하는 모습을 보니

내심 뿌듯했다. 자신이 예상했던 반응보다 훨씬 좋았다. 홍 교수는 강의를 이어갔다.

"뇌에서 후각 중추는 측두엽 안쪽에 있는데, 이곳은 감정과 기억에 관여하는 변연계 회로의 일부입니다. 따라서 후각은 인간의 기억 또는 감정과 밀접한 관계를 가진 것이죠. 또 후각 기능은 여성의 후각이 남성보다 예민합니다. 에스트로겐 수치가 오르는 배란기 때 여성의 후각은 더욱 예민해지는데 아마도 아이를 기를 때 후각을 사용해 주변의 위험을 파악하기 위함일 것입니다. 또한 최근 밝혀진 연구에 의하면 사이코패스를 구별하는 방법 중에도 후각에 대한 것이 들어간다고 합니다. 사이코패스일수록 후각 기능이 사라지거나 감소한다는 겁니다. 신기하지 않나요."

학생들은 고개를 끄덕거리며 저마다 필기를 열심히 했다.

"코는 작은 뇌다, 라고 하는 말이 있듯이 실제로 보면 코가 뇌에 이르는 가장 가까운 길입니다. 그래서 고대 이집트 같은 경우를 보면, 미라를 만들 때 코를 통해서 뇌를 꺼내고 나서 다음 과정을 진행할 만큼 뇌와 가깝다는 것이죠."

홍 교수는 가장 반응이 좋고 집중도가 높은 학생을 지목하며 말하였다.

"그런데 코와 뇌가 너무 가까운 나머지 다양한 문제가 생긴답니다. 어떤 문제가 생기게 되는지 말해 보겠어요?"

지목 당한 학생은 잠시 생각하더니 말했다.

"몸에 유해한 화학물질의 냄새를 직접적으로 맡게 된다면 치명적인 뇌 손상이 발생하지 않을까요."

홍 교수는 박수를 치면서 대꾸했다.

"네 맞아요. 코는 예기치 못하게 나쁜 공기를 마시기도 하고 나쁜 환경에서 감염도 생기며 또 다른 좋지 않은 화학물질에 노출될 수도 있습니다. 그런 것들이 뇌에 가까운 곳에서 계속 일어남으로써 염증과 감염이 발생하고 또는 신경 세포에 직접 유해한 화학물질들이 들어가서 어디를 거치지 않고 곧바로 뇌로 전달되기도 합니다. 그래서 다른 신체 기관도 그렇지만 상당히 조심해야 할 부분이 있답니다."

홍 교수는 뒤이어 덧붙였다.

"하지만 뇌의 다른 부분들은 혈액이 들어갈 경우 뇌와 혈관 사이에 '뇌 혈관 장벽(Blood Brain Barrier)'이라는 것이 있어서 모든 그런 유해한 것들을 다 걸러내는데, 코는 그런 장벽 없이 직접 들어

가는 약간 좀 특이한 해부학적 구조를 가지고 있습니다. 그러다 보니까 그런 유해한 물질들 특히 유독성의 화학물질들이 코에 심하게 노출되면 직접적으로 뇌에 손상을 주기도 한다는 보고들이 많이 나와 있습니다. 일단 잠시 쉬는 시간을 가진 후 강의를 이어가겠습니다."

학생들은 강의에 집중했는지 쉬는 시간이라고 일러줘도 한동안 자리를 지키는 학생들이 더 많았다.

홍 교수는 학생들의 열정에 자신도 모르게 빠져들어 강의에 더욱 집중하며 더 많은 내용을 알려주려고 노력했다. 첫 강의였지만 그래도 성공적으로 진행되고 있다는 생각에 기분이 좋아서 학생들을 기다리는 데 지루하지가 않았다.

쉬는 시간이 끝난 후에는 곧바로 학생들이 가장 흥미로워 했던 두 번째 주제인 정자에 코가 있다는 내용으로 강의를 시작해 나갔다.

"여러분도 알다시피 체외 수정에 의한 유선 생식은 매우 소모적인 과정입니다. 해양 무척추 동물의 경우 다른 선택이 없기 때문에 엄청나게 많은 정자와 난자를 방출합니다. 난자에 정자를 유도하는 유인물에 의해 좀 더 효율적으로 유성생식이 일어나게 합니다. 포유류의 경우 난자의 수는 매우 적지만 짝짓기를 할 때는 하나의 난자에 수백만 개의 정자가 제공됩니다."

홍 교수는 뒤이어 핵심적인 질문으로 돌입했다.

"그럼 여기서 저는 난자와 수정하는 많은 후보 정자 중에 어느 하나를 결정하는 것은 무엇일까 라는 의문이 있었습니다. 이 문제에 대해 독일의 과학자 스퍼 박사와 그의 동료들은 정자에 발현하는 후각 수용체가 난자가 방출하는 냄새, 즉 화학 유인성 신호를 감지하고 난자로 이동한다는 것을 증명하였습니다."

학생들은 홍 교수의 말에 계속 집중하고 있었다.

"이 결과는 매우 놀랍고도 충격적이었습니다. 일반적으로 후각 수용체는 코 안에서만 발현하고 기능을 한다고 알려져 있었으나 이들은 후각 수용체가 코 외의 조직인 정자에서 발현하는 것을 밝혀낸 것이죠. 또한 매우 창의적인 방법으로 정자의 후각 수용체가 농도차를 감수하여 이동하는 주화성에 관여한다는 것을 테스트하였습니다."

한 학생이 이에 대해 질문했다.

"정자가 냄새의 농도차를 인지하고 그곳으로 이동한다는 것인가요?"

홍 교수가 이에 답했다.

"브라보. 맞아요. 스퍼 박사와 그의 동료들은 인간 정자에서 새로운 후각 수용체인 hor 17-4를 찾아냈으며, 그 수용체에 대한 효과적인 유인제와 억제제를 찾아냈습니다. 그리고 실험을 통해 유인제는 브리지오날과 릴리안 같은 백합향 성분이었으며 이 유인제에 대하여 정자가 활성화를 보인다는 것을 알게 됐습니다. 또한 동남아 음식에 사용되는 매콤한 향인 슬란트라향을 내는 언데카나리라는 성분에 대해서는 억제되는 모습을 보였습니다. 하지만 이 연구에는 아직도 몇 가지 의문이 남아 있습니다. 과연 실제 정자와 후각 수용체에 결합하는 냄새의 출처가 무엇이냐는 것이죠. 인간의 신체는 정말 무궁무진하지 않나요."

정자의 후각

너무 전문적이고 생소한 단어들이 난무하는 강의에 졸게 되는 학생들도 속출했다. 그중 꾸벅꾸벅 졸던 남학생이 갑자기 머리를 번쩍 들더니 질문을 하였다.

"교수님. 그러면 정자(스펌)에도 코가 있다는 말씀이신가요?"

학생들은 박장대소를 하기 시작했다. 요란한 야유 비슷한 소리들이 계속해서 지속되었다. 아마 이 학생이 그저 웃기려고 한 질문이라고 다수의 학생들이 생각했던 것 같다. 잠시 어수선한 분위기가 지나가고 홍 교수는 다시 나지막한 목소리로 강의를 시작했다.

"좋은 질문이긴 합니다만. 정자의 머리 말단에 우리 코 안에 있는 후각 신경 수용체의 기능과 비슷한 구조물이 있다는 것이지 그것이 바로 코의 형상을 하고 있는 것은 아니겠지요. 그것에 대한 구조적인 삼차원적 모양의 규명에 대해서는 더 깊은 연구가 필요할 것 같네요."

탄력을 받은 홍 교수는 시계를 보고 나서 더 빠른 템포로 강의를 이끌어 나갔다.

"포유류가 난자로부터 방출되는 매우 적은 양의 유인제를 식별하는 것은 아직도 너무나 어려운 일인데요. 한 가지 가능성은 유인제가 여성의 생식기관에서 방출되어 난관에 위치한 난자에 정자가 도착하도록 같이 조정할 가능성이 있다는 것입니다. 여기서 아주 중요한 가능성이 열립니다. 이것은 어쩌면 난임을 해결하는 중요한 열쇠일 수도 있습니다. 현대사회에서 큰 사회문제가 바로 난임이라는 것을 혹시 알고 계셨나요?"

학생들은 난생 처음 듣는 내용에 귀를 쫑긋 세우며 강의를 경청했다. 홍 교수가 말을 이었다.

"난임 시 체외 수정을 실시하지만 체외 수정 과정이 매우 힘들고 성공률도 많이 낮은 것이 현실입니다. 만약 체외 수정 과정에서 정자를 난자에 유인하는 향기를 제공한다면 그 체외 수정의 성공률을 높일 수 있지 않을까요? 또한 이 효과가 실제로 가능성이 있다면 예외로 임신을 원하지 않는 경우도 있습니다. 이때 정자의 유인제에 대한 냄새를 조절하거나 억제제를 이용한 피임약을 개발한다면 좀 더 효과적이고 간편한 임신 억제제, 쉽게 말하면 피임의 새로운 방법을 개발할 수 있겠죠. 이렇듯이 정자도 냄새를 맡을 수 있다는 사실을 알아봤는데요, 앞으로 많은 연구가 행해져서 난임 혹은 불임뿐만 아니라 다양한 문제를 해결할 수 있기를 바랍니다. 이제 이 문제들과 다양한 해결 방법들이 존재할 수 있다는 것을 여러분들께서 알게 되었으니 저는 전 세계의 미래가 한층 더 밝아졌다는 것을 의심치 않습니다. 세상에는 정말 예상치 못하도록 다양하고 해결되지 못하리라 여겨지는 일들이 많습니다. 나를 포함한 우리 학생들도 포기하지 않고 좀 더 나은 세상을 위해 열심히 한발자국 나아갔으면 좋겠습니다. 이상입니다."

환자를 위한 노력

홍 교수는 이전부터 매일같이 아로마테라피를 연구하며 다양한 질병에 대한 치료까지도 생각하고 있었다. 그렇게 다양한 질병에도 관심이 있었던 그는 축농증, 중이염, 비염 등 이비인후과 질환뿐만 아니라 각종 여성질환과 피부질환까지도 치료하게 되었다.

특히 아토피성 피부염으로 시달리는 환자들에게 드라마틱한 효과를 내는 것을 많이 볼 수 있었다. 그렇게 다양한 분야에서 입지를 쌓고 있는 그를 시기하고 질투하는 교수들이 많았다. 그 교수들 중에서 피부과 교수들과 트러블이 생기기 시작했다.

"홍 교수님. 이비인후과 진료 보시면서 피부과 쪽까지 범위를 넘어오시면 어떡합니까? 이건 좀 아니잖아요."

갑자기 피부과 주임교수가 찾아와 자신의 본분을 다하라는 것처럼 대놓고 호통을 쳤다. 거기에 홍 교수도 맞대응을 했다.

"솔직히 말해서 피부과에서 제대로 진료가 이루어졌으면 환자분들이 다른 과까지 와서 물어보고 처방 받지는 않겠죠. 다시 한 번 곰곰이 생각해 보세요."

홍 교수는 지방 대학병원까지 밀려난 마당에 더 이상 물러날 곳이 없어 원래의 내성적이고 하고 싶은 말을 못하는 성격을 버리기로 했다. 그 이후부터는 그에게 반감을 가지거나 처방에 불만을 표하는 교수들은 줄어 들었고, 아로마 치료제를 만들어 사용하기 더욱 좋은 환경이 조성되었다.

이제는 어느 정도 아로마에 대한 사용법을 익히고 수많은 사례(case)를 모은 홍 교수는 논문을 쓰기 시작하며 아로마테라피의 더 깊은 곳으로 빠져들었다.

제3부

운명적인 만남

아로마테라피에 대한 입지가 계속해서 쌓여가며 하루에도 셀 수 없는 환자들이 진료를 받으러 홍 교수를 찾아 왔다.

평소와 같이 바쁘게 진료를 보던 어느 날이었다.
홍 교수의 일상에 변화를 가져올 특별한 환자 하나가 진료실 문을 두드렸다.
"저, 홍 교수님이신가요?"
"네. 들어오세요."
첫인상이 서글서글하며 몽환적인 분위기의 외국 여성이었는데, 지중해에 위치한 사이프러스에서 교환학생으로 한국에 온 스텔라 아비세나라고 했다.

그녀는 전형적인 서구 미인이었다. 그녀를 보자마자, 이혼하고 나서부터 정체되어 있던 홍 교수의 가슴에서 무언가 꿈틀거리는 이상한 느낌이 들었다. 지금껏 매일 진료와 아로마 연구를 병행하느라 몸이 둘이라도 모자랄 지경이었으니 이런 상황은 사치였었다.

그런데 문득 차트를 보다가 아비세나라는 이름이 그의 뇌리를 스쳐 지나가는 것이 느껴졌다.

'혹시 내가 아는 그 아비세나는 아니겠지.'

아로마의 역사를 책이 닳도록 공부했기에, 홍 교수는 그 이름이 1,000년 전에 아로마 증류법을 처음 개발한 사람의 이름이라는 걸 단숨에 알아차렸다.

그녀의 이름을 알고 나니, 처음 본 그녀이지만 마치 고향 친구를 만난 듯 말로 설명 못할 친근함에 점점 빠져들었고, 이상하게도 진료 중임에도 불구하고 오히려 다른 질문을 많이 하게 되었다.

그럴 수밖에 없었다. 대화를 나누면서 그녀가 그 유명한 페르시아 가문, 아로마의 창조주와 마찬가지인 아비세나 집안의 핏줄이라는 생각에 확신이 들었기 때문이다.

그는 운명적으로 만난 그녀를 놓치기 싫었다. 그녀는 아로마에 대해서 국내의 웬만한 전문가들보다 훨씬 더 많은 것을 알고 있을 것이 분명했기 때문이었다. 홍 교수는 그녀가 아로마에 대한 자신의 의문에 해답을 줄 수 있다는 생각에 그녀를 붙잡아야만 했다.

"비염이 심하진 않지만 경과를 보고 다음 주 정도에 한 번 더 내원하세요. 드릴 말씀도 있고."

소심한 표현이었지만 그래도 확실히 그의 마음을 보여줬다고 생각했다. 그런데 그녀가 홍 교수의 마음에 바로 화답을 해주었다.

"다음 주에는 아로마보단 저에게 더 관심을 가져주세요."

"제가 그랬었나요? 죄송합니다. 제가 잠시 아로마 향에 정신이 팔렸었나 봐요."

홍 교수는 그녀가 진료실로 들어왔을 때 풍겨오던 정말 기분 좋은 아로마 향을 잊을 수 없었다. 그가 예전부터 해왔던 것처럼 그녀도 아로마를 바르고 다니는 것이 틀림없다. 그가 사용했던 것보다 더 매력적이었던 그녀의 향은 매일 같이 그의 머릿속을 맴돌았다.

홍 교수는 그녀를 보고 싶었고, 그녀가 풍기는 아로마의 향기를 더 깊게 맡아보고 싶었다.

"아직도 냄새를 맡기 힘드신가요?"
"예, 점점 후각을 잃어 가는 거 같아요."
"다음 주에도 차도가 없으면 한 번 더 내원해 주세요."
스텔라의 진료가 끝나고 홍 교수는 생각을 정리해 보았다.
'비염은 아닌데⋯ 혹시 후각 수용체와 연결된 신경에 손상이 오기 시작한 건가?'
좀 더 검사를 해보아야 확실히 알 수 있었고, 스텔라의 후각이 걱정스럽기도 했지만, 그 핑계로 스텔라를 자주 만날 수 있다는 생각에 설레기도 한 마음이었다.

그 후 그녀는 수도 없이 비염을 핑계 삼아 병원에 찾아왔다. 그녀가 진료실에 들어올 때마다 그는 무언가에 홀린 듯 점점 사랑에 빠지기 시작했다. 몇 년간 굳게 닫혀있던 마음은 그녀의 아로마 향기로 인해 조금씩 열려갔다.

두 사람은 점점 서로의 향기를 좇아 사랑에 빠져가고 있었다.

아프로디테 이야기

두 사람의 만남은 식을 줄 모르고 계속해서 이어져 나갔다. 홍 교수는 비염을 앓고 있는 수많은 환자들을 치료해 왔고, 스텔라에게도 아로마에 대한 좋은 사례를 알려주기 위해 치료를 권유하고 진행하기로 했다.

그녀는 비염을 아로마로 치료하고 있다는 말에 두 눈이 동그래지며 놀라움을 금치 못했다.

"홍 교수님, 정말 노력 많이 하셨군요? 대단하시네요. 혹시 금요일 저녁에 시간 되시면 저녁 같이 하실 수 있을까요?"

그녀는 홍 교수의 열정에 더욱 빠져 들었는지 지금까지 있었던 이야기를 듣고 싶다며 저녁식사에 초대했다.

"예, 가능합니다."

홍 교수는 1초의 주저함도 없이 대답하였다.

홍 교수는 퇴근하고 잠깐 집에 들러 아로마를 바르고 그녀의 집으로 향했다. 문을 열어주는 그녀의 입가에는 너무나 예쁜 미소가 담겨 있었다.

두 사람은 식사를 하며 담소를 나누던 중 흥미로운 주제의 이야기를 나누기 시작했다.

"사이프러스는 어떤 곳인가요?"

"향수 시프레가 유래된 곳이죠. 시프레(Chypre)란 이름은 지중해의 시프러스(Cyprus, 불어로 chypre) 섬으로부터 유래되었으며, 향조는 그 섬에서 실제로 느낀 향기의 인상을 표현한 거예요."

"향수 구성은 어떻게 되나요?"

"시프레 계열 향수는 떡갈나무에 서식하는 이끼에서 추출한 오크모스(oakmoss)를 기조로 하고, 버가못(bergamot)[17]와 패추올리(patchuli) 등의 악센트가 조향을 이룬 향기를 말해요. 엠버그리스(ambergris), 무스크(musk), 시벳(civet) 등의 동물성 향료가 사용

될 수도 있어요. 사이프러스 섬은 고대문명에서 상업도시로 번창했으며, 동양에서 전파된 향료의 중심지였지요. 혹시 아프로디테에 대해서 아시나요?"

홍 교수가 이를 모를 일은 없었지만, 무언가 말하고 싶어하는 그녀의 행복한 웃음에 빠진 그는 아는 척을 하고 싶지 않았다.

"예, 이름이야 알고 있죠. 그리스 신화에 나오는 여신이 아닌가요?"

"네 맞아요! 바로 제가 살고 있는 사이프러스에서 탄생한 여신이에요."

그녀는 반색하며 대답했다.

"아… 맞아요. 신기하게도 의대 다닐 때 들었던 얘기가 다시 떠오르네요."

그녀는 선생님에게 어제 있었던 일을 알려주는 어린아이처럼 신이 나서 홍 교수에게 계속해서 설명했다.

"그리스 로마신화에 나오는 올림포스 12신 중 하나로 미와 사랑을 주관하는 신이에요. 우라노스의 잘린 생식기의 피와 바다의 거품이 만나 사이프러스에서 태어난 것으로 알려져 있죠. 이 위대한 신을 숭배하기 위해 최고의 '아프로디시아'를 만들었다고 하죠."

"우리가 아는 '아프로디시아'가 거기서 나온 건가요?"

홍 교수는 모르는 척 맞장구를 쳐주며 말을 거들었다.

"네, 맞아요. 최고의 아프로디시아는 여신의 향수로 클레오파트라뿐만 아니라 많은 황제와 황비께 만들어 바치는 신비한 향이었죠."

홍 교수는 아프로디시아에 대해 어느 정도 알고는 있었지만 이렇게 자세하게는 알지 못했다.

그것이 역사적으로 사실인지 아닌지는 모르지만, 유서 깊은 가문의 인물인 그녀였기에 그녀가 전하는 이야기는 하나부터 열까지 모두 믿음이 갔고, 두 사람은 다양한 주제의 이야기를 나누며 새벽이 올 때까지 시간 가는 줄 몰랐다.

홍 교수의 확신

사실 어떻게 보면, 지금껏 자신이 이런 비현실적인 인간관계를 형성하게 된 것은 아로마를 만나고부터 비롯된 것이 아닐까 싶었다.

여전히 아로마에 대한 강력한 의지는 꺾이지 않고 있었지만, 어쩌다 보니 조금씩 의심이 생기고 있었던 것은 부정할 수 없는 사실이었다.

이런 생각이 들던 중 그녀가 운명처럼 찾아왔다. 그녀의 매혹적인 향에 또 다시 대학 생활에서 처음 맡았던 아로마에 대한 추억이 다시금 떠올랐고, 그의 삶의 이유였던 아로마로 다시 홍 교수의 마음이 움직이게 되었다.

그때나 지금이나 변한 것 없이 그의 겉모습은 정말 보잘 것 없었다. 그런데 아프로디시아 아로마를 사용하지 않는 순간에도 그를 향한 그녀의 애틋한 연정의 눈빛은 거짓이 아니었다.

홍 교수는 그녀를 너무 사랑한 나머지 그렇게 믿고 싶었다.

'나는 이제 도저히 스텔라 없이는 살아갈 수 없어.'

그는 아로마 없이도 그를 진정으로 사랑해 줄 수 있는 여인을 자신의 소유로 만들어야겠다는 목표를 이루기로 다짐했다.

시간이 지나며 그와 스텔라와의 관계는 이제 돌이킬 수 없을 정도로 점점 깊어졌다.

만남은 매일같이 이어져 갔고 그녀에게 더 많은 것을 보여주고 선물해주고 싶었다. 그러자면 지금보다 더 많은 수입이 필요했다. 정말 자신이 원해서 돈을 벌어야겠다는 생각을 하게 된 것은 살면서 처음이었다. 그만큼 그녀를 많이 사랑했기에 홍 교수는 어떻게 하면 지금보다 더 많은 돈을 벌 수 있는지 고민하고 있었다.

"어떻게 해야 지금보다 더 많은 돈을 벌 수 있을까 고민 중이에요."

"왜 돈이 필요한 거죠?"

"스텔라를 더 행복하게 해 주고 싶어요."

"저는 지금도 좋은데요."

"생각해 둔 방법이 하나 있어요. 대학병원을 그만두고 병원을 차리려고 해요."

이미 대학병원에서 아로마로 다양한 질병을 치료해 오며 입소문으로 유명세를 떨치고 있었고, 지금 근무하는 대학병원 근처에 개원을 하게 된다면 더 많은 환자들이 찾아올 수 있을 것 같았다.

"저는 돈이 중요하다고 생각하지는 않는데, 교수님이 원하신다면 후회 없이 해보세요."

"그래요. 용기를 주어서 고마워요."

모험이 될 수도 있었지만 홍 교수는 그녀에 대한 무한한 사랑에 한 치의 고민도 없이 계획을 실행에 옮기기로 했다.

대학병원 바로 인근 상가에 계약을 하고 나서 사직서를 제출했다.

"내가 정말 사랑에, 아니 사람에 미친 게 분명해."

홍 교수는 혼자서 이렇게 생각했다. 하지만 스텔라 생각만 하면 저절로 입가에 미소가 지어졌다.

며칠 후 홍 교수는 대학병원 근처에 자신만의 클리닉을 오픈했다. 클리닉 이름은 스텔라가 추천해준 대로, 아로마 이비인후과라고 지었다.

개업 후 첫 출근을 하여 일찍 가서 준비를 하고 있는데 상상하지도 못 할 일이 일어났다. 오픈한 지 10분도 안 됐는데 환자들이 어떻게 알았는지 긴 진료대기줄을 이루고 있는 것이었다. 정말 문전성시가 따로 없었다.

'이제 뭘 해도 잘 될 것 같아. 어떻게 이럴 수 있지.'

홍 교수의 마음은 희망찬 미래로 부풀어 올랐다.

스텔라가 자신에게 온 후부터 그의 삶은 정말 이루 말할 수 없이 행복하고 모든 것이 문제없이 잘 풀리고 있었다. 그렇게 이틀 정도 있다 보니 일손이 부족해 어쩔 수 없이 스텔라가 도와주며 시너지 효과가 나기 시작했다.

홍 교수는 점점 아로마의 완벽한 대가가 되어가고 있었다.

그렇게 몇 달이 지나고도 환자들이 늘면 늘었지 줄어들 기미가 보이지 않았다. 몸은 정말 힘들었지만 스텔라와 함께 하기에 쓰러지지 않고 달려갈 수 있었다. 그동안 추구했던 아로마의 효과가 눈에 보이지 않는 향에서 시작되어 눈으로 보이는 결과가 나오는 치료제로 뒤바뀌고 있었다. 스텔라의 아로마 지식이 가미되어 더 완벽해졌기 때문이다.

아로마는 가장 흔한 이비인후과 질환인 축농증, 중이염, 비염 뿐만 아니라 다른 만성 염증성 질환인 이하선염, 악성 외이도염, 난치성 구내염 등에서도 효과를 보이고 있었다.

그밖에도 아로마는 폐와 기관지 질환 각종 난치성 아토피성 피부염과 건선에도 효과를 보여 여러 환자들이 만족해하며 진료를 받으러 왔다. 홍 교수는 진료와 아로마 연구를 쉼 없이 병행하며 스텔라의 든든한 동반자가 되어가고 있었다.

환자들이 끊임없이 내원하는 데도 불구하고 그는 수 년 동안 그가 해야 하는 일 어떤 것 하나 소홀히 하지 않았다. 잠을 줄이는 한이 있어도 정해 놓은 연구는 꼭 끝내고 잠에 들곤 했다. 그러면서 자연스럽게 아로마에 대한 모든 것을 터득하며 아로마의 최고점을 향해 달려갔다.

그러던 어느 날 홍 교수가 문득 스텔라에게 물었다.

"이 정도 연구했으면 그래도 아로마에 대한 건 어느 정도 다 알지 않을까? 당신은 어떻게 생각해?"

그러자 스텔라는 박장대소를 하는 것이 아닌가.

"책에 나온 게 정말 다라고 생각해요?"

스텔라는 홍 교수를 어린 아이 다루듯 했다.

"그럼 내가 알지 못하는 세상이 또 있다는 거야?"

"현재 존재하는 장미의 종류와 에센셜 오일이 몇 가지인지 아세요?

"글쎄, 난 2가지 종류의 에센셜 오일만 쓰는데."

"현재 존재하는 장미는 약 190종이에요."

"그렇게나 많았나요?"

"장미는 겹꽃잎이 화려한 꽃이기 때문에 서양에서는 꽃들의 여왕이라고 불렸죠. 아프로디테 여신을 상징하는 꽃이기도 하고요. 또한 기독교 시대 이후에는 성모 마리아를 상징하는 꽃이기도 하지요. 현대의 장미를 만들어 내는 데는 약 일곱 종의 장미가 크게 기여한 것으로 알려져 있어요."

"다마스크 장미, 프렌치 장미, 백장미 등은 알고 있어요."

"1900년대에 들어서 장미과인 '월계화'와의 교배를 통해 느와제트 장미와 부르봉 장미처럼 사시사철 꽃을 피우는 품종도 등장하게 되었고, 관상용과 꽃꽂이용 장미도 탄생하게 되었죠."

"예…."

홍 교수는 스텔라의 해박한 지식과 화려한 설명에 다른 아무 말도 할 수 없었다.

"장미는 아름다움의 상징, 약재, 향수, 산업 원료, 식량 등 다방면으로도 사용되고 있는 꽃이에요."

그랬다. 스텔라와 잠시 대화를 나눈 것만으로도, 자신이 아로마에 대해 다 알고 있다고 생각한 것은 자신의 착각이었다. 그의 아로마에 대한 지식은 빙산의 일각일 뿐이었다.

그 이후 홍 교수는 스텔라로부터 그동안 책이나 논문 등 어디에서도 접해본 적이 없는 천 년에 걸친 사이프러스 향수의 역사를 듣게 되었다.

홍 교수에게 새로운 아로마의 세상이 열리기 시작했다.

아로마의 새로운 세상

"최근 사이프러스(Pyrgos)에서 기원전 3,000년 전 향수를 제조했던 장소를 발굴하게 되었어요. 가로 세로가 대략 1km라고 하니까, 한 동네가 전부 향수제조에 관련된 공장이라고 할 수 있겠네요."

"그 오래전부터 향수 제조 공장이 있었던 거로군요."

"예, 맞아요. 그리고 그 발견으로 아주 흥미로운 보고서가 작성되었어요."

"고대의 향수와 제조 방법에 관련된 것인가요?"

"맞아요, 제목은 '키프러스의 향수'. 그 보고서는 고대 키프러스 문명의 요소를 재창조하고 3,000년의 역사가 담긴 향수를 오늘날 재현하고자 하는 프로젝트 보고서예요."

"그게 어떤 향수였나요?"

홍 교수는 그 향수가 어떤 것인지 짐작조차 가지 않았다.

"그중에서 제가 관심을 가지는 건 여신에게 바친 향수 레시피에요. 우리 가문에서도 수많은 세월 동안 이 레시피를 이용한 향수를 만들려고 해왔죠."

"그 향수가 도대체 어떤 것이길래 그렇게 오래 연구하였던 건가요? 저도 한번 알아볼게요."

그 고대의 향수에 대한 강렬한 호기심에 홍 교수는 자료들을 검색해 나갔고, 하나하나 정보가 업데이트될 때마다 저 멀리 바다 위에서 일출이 일어나듯 진실에 가까워져 갔다.

그런데 그가 자료를 검색하던 중 매우 흥미로운 정보를 하나 발견할 수 있었다.

피르고스 마브로미칼리의 유물은 현재 로마의 카피 톨리네 박물관에 수백 년 된 향수의 현대 복제품과 함께 전시되어 있었다. 그러나 스텔라가 말해 주었던 여신에게 바치는 신비하고 가장 오래된 키프러스 향수의 레시피나 비율, 정확한 조합은 아직 알려지지 않은 상태였다.

"혹시 스텔라가 그토록 찾는 것이 이거였나?"

그 내용에 대해 궁금증이 더욱 깊어진 홍 교수는 계속해서 관련 정보를 찾던 중 또 다시 새로운 자료를 발견하였다. 그것은 발굴을 진행했던 연구팀이 적은 분석 보고서였다. 그 보고서의 내용은 주전자와 함께 병에서 발견된 향수의 잔해에 대해 설명하고 있었다.

"고대 향수의 성분으로 사용된 가장 일반적인 추출물은 아니스, 소나무, 고수풀, 버가못 및 아몬드[18]라는 것을 발견했습니다. 또한 파슬리도 함께 자주 사용한 것으로 추측됩니다."

어떤 자료에서 본 내용이었다. 그 보고서의 결론은 홍 교수 자신이 생각했던 추출물들과 많은 차이가 있는 것이었다. 그는 각각의 추출물들이 다 좋은 향을 내는 재료들일 것이라고 생각했는데, 보고서에 적힌 추출물들을 생각해 보니 그 재료들로 떠오르는 향은 상당히 부담스럽고 거북한 느낌이 들었다.

하지만 이것들을 적절히 다른 것들과 섞어서 사용하면 쾌적하고 오래 지속되는 향을 만들 수 있다고 하는 것을 보니, 역시 그 어디에도 못 쓸 만한 향은 없는 것 같았다.

그 다음 내용은 그의 호기심을 더욱 깊이 자극했고, 가히 충격적이라고 할 수 있었다.

전설의 향수

홍 교수는 아로마학계의 권위자였던 김호성 교수에게 전화를 걸어 여신의 향수에 대해 물어보기로 하였다.

"교수님, 안녕하셨습니까."

"이게 누군가? 홍 교수, 오랜만이군. 지난번 학회에서 보고 못 본 것 같은데."

"그러네요. 벌써 4~5년이 지나갔네요. 찾아뵙지도 못하고 죄송합니다."

"별 말씀을. 개원해서 유명한 명의가 되었다는 소식은 듣고 있었다네."

"아이고, 부끄럽습니다. 그런데 교수님. 한 가지 질문이 있어서 전화드렸습니다."

"무엇인가?"

"사이프러스 전설 속에 있는 여신을 위한 향수[5] 레시피와 관련된 내용입니다."

"자네도 얘기를 들었군. 하지만 그쪽과 관련된 연구나 고민을 하지 마시게."

"왜요?"

"다 부질없는 거라네."

"그렇죠…. 저도 그렇게 생각하긴 했습니다. 근데 어떤 내용인지 궁금해서요."

며칠 뒤 새로운 소식이 들려왔다.

"스텔라, 이것 좀 봐요. 피르고스 마브로미칼리에서 발견한 지

---

[5] 전설 속의 신비로운 고대 향수가 실존했을 가능성이 있다고 한다. 그 가능성을 뒷받침할 만한 것으로 피르고스에서 발견됐던 네 가지의 레시피가 있기 때문이다. 그런 증거가 있기에 이탈리아에 있는 블레라라는 마을에서 설립한 연구소에 유능한 과학자들이 모여 그 향수를 재현해 보았다. 과학자들은 네 가지 향수의 명칭을 Afrodite, Elena, Artemide 그리고 Era라고 정했다. 하지만 각지에서 온 유능한 과학자들도 전설의 향수를 완벽하게 재현하지는 못한 것으로 알려졌다.

10년이 지나도록 재현하지 못한 그 향수를 어느 회사에서 만들어 냈다고 하는데요? 믿기지 않지만 미국 서부 해안에 있는 향수 회사인 더 모틀리(The Motley)라고 하는군요. 그 회사에서 정한 그 향수의 이름이 바로 '전설의 키프로스'라고 하네요."

"아니에요. 그 향수는 남성들을 위한 제품이라고 하고, 게다가 피르고스에서 발견된 레시피와 차이가 있어요."

"하지만 그들 말로는 비슷하게 개발했다고 설명하던데요? 이렇게 점점 발견하고 재현들을 해 가는데 우리라고 못할 것이 뭐가 있어요?"

갑자기 자신감에 가득 찬 홍 교수에게 스텔라가 말했다.

"맞아요. 머지않아 우리도 전설적인 향수를 재현할 수 있을 거예요."

그 말에 홍 교수가 우수에 찬 눈빛으로 스텔라를 바라보며 말했다.

"혹시 향수 노트를 알 수 있나요? 어떤 오일이 들어갔는지?"

"클레오파트라께 바쳤던 그 향수 기억나요?"

"그럼 당연히 기억나지요."

"제가 만약 그 전설적인 향수를 재현하지 못한다면, 저는 편히 잠들지 못할 거예요. 우리 가문의 명예를 걸고 꼭 성공할 거예요."

"일단 레시피를 알려줘 보세요."

"이집트의 향료 중에서 가장 유명한 것은 조합 향료인 키피(Kyphi)예요."

"그건 알고 있죠."

"그리스, 로마 등에 수출되었으며 제조법이 복잡해서 500g을 만드는 데 약 1년이 소요되었다고 해요."

"키피의 제조법에 관해 사이프러스 조상들의 레시피는 이런 것들이라고 해요. 16가지의 허브와 몰약, 헤나 카다멈, 주니퍼[19], 사프란, 벌꿀, 건포도 등을 비롯한 수지들을 모두 포도주에 담가 놓아요. 이 물질은 사람을 잠에 빠지게 하며 흥분을 가라앉히고 꿈을 생생하게 하고, 낮에는 모든 사람들의 사랑을 받을 수 있고, 한밤에도 온통 환희를 가져다주는 것으로 만들어져 있다고 하죠."

"그럼 그 오일들을 조합해서 만들면 되나요?"

홍 교수는 기뻐서 소리를 질렀다. 바로 그거였다. 지금까지 스텔라가 그토록 갈망하고 있던 것은 클레오파트라에게 바쳤던 아프로디시아의 완벽한 재현이었다.

"아니요, 그 레시피가 아니에요. 여신께 바치는 향수의 레시피는 더 복잡하고 어려워요. 저희가 평생 걸려도 만들 수 없을 만큼요."

그녀는 전설 속에서 신께 바치는 최고의 향수를 완벽하게 복원하는 것이 목표였다.

홍 교수는 그동안 자신에게 헌신하며 여기까지 이끌어준 그녀에게 원하는 모든 것을 다 해주고 싶었다. 그녀가 전설적인 향수를 재현하고 싶다고 말한 이후로 요즘 그녀의 삶의 이유는 그저 그 향수의 재현인 것만 같았다.

하지만 홍 교수는 달랐다. 이제는 그 무엇보다 그렇게 의지하고 맹신했던 아로마보다는 스텔라가 삶의 이유가 된 지 오래였다. 그는 조금이라도 가능성이 있다면 스텔라의 꿈을 이루어 주고 싶었다.

"스텔라, 그래서 그 비밀 레시피에는 뭐가 필요하던가요?"

홍 교수는 사랑하는 여인의 얼굴을 바라보며 이렇게 물었다.

"음…."

"걱정 말고 말해 봐요. 뭐든 다 구할 수 있어요."

그러자 스텔라는 고개를 숙이며 울먹이듯 말했다.

"췌장이요."

스텔라는 누군가의 죽음을 보기라도 한 것 같은 표정으로 말했다.

홍 교수는 '췌장'이라는 낯선 단어에 이렇게 되물었다.

"네? 어느 동물의 췌장이 필요하나요?"

"사람이어야만 해요. 그래야 할 수 있다고요."

숨겨진 재료

그녀가 이렇게 슬픈 모습을 보이는 것은 처음이었다. 이제는 눈물마저 보이고 있었다. 홍 교수는 그녀가 빠진 상심의 크기를 도무지 상상조차 할 수 없었다.

그런 그녀에게 더 이상 그 무엇도 물을 수 없었고, 그 이유에 대해서 며칠간 찾아본 끝에, 그녀의 책장에서 췌장에 관한 내용이 나오는 문서를 발견할 수 있었다.

홍 교수는 그 자리에 선 채로 문서를 모두 읽고 나서 큰 충격에 빠졌다.

'정말 이게 사실이라고?'

그는 문서의 내용을 보고 경악을 금치 못했다.

클레오파트라 이외에도 고대 중세 황제나 황비에게 바치는 최고의 향수는 그것을 만드는 조향사의 췌장을 이용해서 아프로디시아를 제조했다는 내용이었다.

도저히 믿기 힘들었지만, 정신을 차리고 다시 살펴보니 그 이유는 다음과 같았다.

사람의 췌장 속의 지방 분해 효소는 분자량이 큰 물질을 작은 물질로 변화시킨 후 암죽관으로 흡수되어 다시 지방으로 결합한다. 그렇게 반복되는 순환과정을 거치게 되는데, 인간의 췌장에는 다양한 호르몬을 분해하는 효소 그리고 지방을 분해하는 효소, 이 두 가지 효소들이 복합적인 기능을 하고 있으며, 특히 조향사의 췌장은 오랜 기간 아로마에 노출되면서 이런 기능이 더욱 활성화되어 있다.

홍 교수는 그 내용을 몇 번이고 다시 읽었다.
'이 얼마나 잔인하고 모순적인 결말인가!'
보고서의 뒷부분에는 향수의 제조방법 등이 자세히 설명되어 있었다.

췌장의 효소와 몰약, 유향, 샌달우드[20], 재스민, 로즈, 버가못, 네롤리[21] 등으로 만들어진 아로마가 수증기 추출에 의해 하나의 에센셜 오일이 되어 나온다. 이때 화학반응으로 인해 지방산이 작은 분자로 나누어진 아로마 입자들을 하나하나 감싸게 된다. 여기서 무색무취로 추출된 이 에센셜 오일의 농도를 조절해서 총 7개의 향수로 만든다.

죽은 조향사의 뒤를 이은 후임은 이 7개 중 최고의 향수 한 개를 선택하여 황제나 황비께 바쳤다. 그리고 다음 향수를 만들 때는 후임 조향사의 췌장을 사용하였다.

전설의 비밀 레시피를 재현하기 위해서는 알코올과 고압 산소를 이용하는데, 탄소 개수 32개 이하의 아로마 입자들의 2개에서 4개까지의 방향족 링이 순간적으로 깨지면서 폭포에서 물이 튀기듯이 다양한 향이 분출되며 여신의 향수가 완성된다.

여기까지 읽은 그는 기분이 이상했다.

"말도 안 되는 고대인들의 레시피군."

하지만 어떻게 해서 이런 생각을 하게 되었는지 무척이나 궁금해졌다.

"아무리 생각해도 이건 전설 속에서만 존재하는 일화는 아닌 것 같은데….”

홍 교수는 스텔라가 이것에 빠져서 인생을 바치고 있었다는 것을 점점 이해하게 되었다.

처음 아로마를 접했던 그때에 자신이 이 끔찍한 내용을 알고 있었다고 하더라도, 그 또한 그녀처럼 인생을 바치고 있을 것이라 믿어 의심치 않았다. 아로마는 그의 운명이자 전부였기 때문이었다.

아로마로 시작된 홍기호와 스텔라의 감정의 깊이가 더욱 무르익을 무렵, 그는 최근의 그 일로 지쳐만 가던 스텔라를 위해 하루하루 고민하고 있었다.

'어떻게 하면 스텔라의 그 환한 웃음을 되찾아올 수 있을까?'

홍 교수는 이미 정답을 알고 있었다. 그렇지만 그 내용을 쉽게 생각할 수는 없었다.

"그래. 방법은 하나밖에 없잖아. 그녀가 웃을 수만 있다면 뭐든 해줄 수 있어."

그녀에게 값진 선물을 해주고 싶은 마음에 홍 교수는 자신의 병원에 향수와 관련한 부설연구소를 만들기로 마음먹었다. 그 소식을 들은 스텔라는 너무 기쁜 나머지 소리를 지르고 말았다.

"정말이에요? 나를 위해서 이렇게까지 해주시는 거예요?"

"사랑하는 스텔라. 당신이 없었으면 나는 여기까지 오지도 못했어요. 내 고마움의 표시입니다."

홍 교수는 스텔라를 품에 안으며 말했다.

그렇게 아로마의학 부설연구소가 계획대로 지어지고 난 후 그들은 점점 더 바쁘게 움직였다. 이제 홍 원장과 스텔라의 목표는 단 하나였다. 클레오파트라의 향수를 그대로 재현하는 것.

3,000년 동안 숨겨진 숙제를 풀어야 하는 어려운 일을 홍 교수 혼자만의 힘으로 할 수 없다는 걸 잘 아는 스텔라는 한껏 기대에 부푼 마음으로 연구소에 합류했다. 그들은 하루가 멀다 하고 밤을 새워가며 연구에 임했다. 하지만 스텔라는 자신의 갈망 때문에 매일같이 쉬지 않고 진료와 연구를 병행하는 홍 교수가 마음에 걸렸다.

"저 때문에 너무 무리하시는 거 아니에요?"

"아니야 스텔라. 우리를 위해서 하는 일이야."

홍 교수는 피곤한 기색을 감추며 말했다.

스텔라는 사소하지만 고마운 마음을 표현하고자 홍 교수를 위해 매일 아침마다 신선한 향이 풍기는 커피를 만들어 주었다.

민트향을 가득 머금은 그 커피는 그를 다시 연구에 전념할 수 있게 해주는 보약과 같은 것이었다. 그녀는 매일 아침마다 웃는 얼굴로 홍 교수를 맞아주었고, 홍 교수의 얼굴에는 대학 시절 아로마를 처음 접했을 때의 모습이 비치고 있었다.

끝없는 좌절

　시간이 지날수록 홍 교수는 이 재료를 정말 구할 수 있을지 의구심이 커져만 갔다. 그의 본업은 연구원이 아닌 의사인 것은 변함없는 사실이었기 때문에 사람의 췌장을 베이스로 하는 향수 제조는 의사로서 용납되지 않는 행위였다.
　그런 이유에서인지 그는 매일같이 대체할 만한 재료를 찾는 것에 심혈을 기울였다. 할 수 있는 모든 방법을 동원하였고, 무리해서라도 사이프러스와 근처인 이집트, 예멘, 인도 등의 산지에서 생산되는 다량의 최고급 천연 오일만을 수입했다.
　"그래. 이 정도 재료면 조금은 비슷하게 흉내는 내겠지."

하지만 6개월 동안의 끝이 없는 실험 속에서 홍 교수는 좌절하고 말았다. 수많은 실험과 블렌딩에도 스텔라가 원하는 향수는 재현되지 않았다. 언젠가 실패를 두고 보던 스텔라가 이렇게 말했다.

"이제는 어쩔 수 없어요. 사람이 안 되면 동물의 췌장이라도 실험해 봐야겠어요."

그는 스텔라의 멈추지 않는 갈망에 때로는 무섭기도 했지만 어쩔 수 없이 그녀의 의견을 받아들였다.

"그래 스텔라. 마지막이라고 생각하고 해 보겠어."

그렇게 몇 개월간 쉬지 않고 진행된 연구에 홍 교수의 몸 상태는 점점 안 좋아지고 있었다. 그렇게까지 몰입해서 동물의 췌장을 사용하여 연구를 진행해 보았지만 결국 결과는 달라지지 않았다.

홍 교수는 매일같이 피곤했다. 쉴 수 없는 상황을 만든 것은 자신의 선택이었다. 그는 계속해서 쉬지 않고 자신을 혹사시켰다. 최근 들어 기침이 계속 멈추지 않았던 그는 자신이 의사임에도 불구하고 몸이 주는 신호를 간과하고 있었다.

하루도 쉬지 않고 달려온 탓일까. 홍 교수는 진료를 보던 중 자신의 가운에 피가 묻어 있는 것을 발견했다.

"도대체 어디에서 묻은 거지?"

홍 교수는 피를 닦아내며 다시 생각에 빠졌다.

처음부터 다시 시작해 보기로 하다가 스텔라가 얘기한 사람의 췌장이 생각났다.

"췌장이라…."

홍 교수는 책장에 있던 해부학 책을 뒤적이며 관련 내용을 읽었다.

췌장은 아주 큰 소화선, 즉 소화액을 만들어 내는 장기로 위의 뒤쪽, 척추 뼈의 앞에 가로누워 있으며 췌장의 머리는 십이지장에 둘러 싸여 있다. 첫 번째와 두 번째 허리뼈 높이에 위치하고 꼬리 부분은 비장에 닿아 있다.

췌장은 길이가 약 12-15cm 정도이고 무게는 70g 가량으로 앞쪽만이 복막에 덮인 채 복막 뒤쪽에 있다. 모양은 편편하고 길며 마치 혓바닥 같이 생겼고, 빛깔은 노란 치즈색이고 물렁물렁한 장기이다. 췌장은 체액을 만들어 내는 샘을 갖고 있으며 소화흡수액들과 인슐린 호르몬을 만들어 혈관 속으로 분비한다.

"스텔라. 한국에서 쓰는 말 중에 "비위가 좋다," "비위가 상한다" 라는 말이 있어요."

"어머 제 나라에도 같은 얘기가 있는데요."

"그래요? 그만큼 췌장은 냄새와 연관이 많아요."

"췌장이 소화나 우리 인체의 생리현상 중에서 가장 큰 비중을 차지하고 있긴 하지만 향수를 만드는 데 어떤 역할을 하는지는 아직도 잘 모르겠어요."

"우리 뇌에 저장된 냄새에 대한 정보를 기억했다가 본인에 맞지 않는 냄새가 들어오면 본능적으로 췌장을 반응시켜 구역질이 나오게 해서 악취가 나는 음식이나 상황을 피하게 하는 거죠."

"그게 향수와 어떤 관계가 있죠?"

"그게 우리가 알고 싶은 비밀인데 과거에도 췌장을 이용해서 향수를 만들었다고 하니까 연결고리를 찾고 싶은 거예요."

'콜록 콜록'

갑자기 터져 나온 기침에 손으로 입을 가렸던 홍 교수의 손에 빨간 피가 묻어 있었다. 그는 그제야 가운에 묻었던 피가 자신의 것이라는 걸 알아차렸다. 재빨리 화장실로 간 홍 교수의 머릿속에 많은 생각이 떠올랐다.

심각성을 느낀 홍 교수는 곧바로 전 근무지였던 대학병원 동료 교수에게 전화를 걸었다.

"이 교수, 별일 없나? 나한테 문제가 좀 생긴 것 같네."

통화를 마친 그는 스텔라에게 약속이 생겼다고 전했다.

"오늘 갑자기 이 교수가 점심을 먹자네? 늦을 수도 있으니까 식사 먼저 하고 와요."

급하게 대학병원에 도착한 홍 교수는 검사를 진행했다. 검사 결과 불안하게도 정밀검사를 진행해야 되겠다는 소견이 나왔다. 홍 원장은 자신이 연구에 정신이 팔려 있는 동안 자신의 몸에 큰 문제가 생겼다는 것을 인지하기 시작했다.

"홍 원장, 결과 나왔네. 잠깐 같이 봐야 할 거 같아."

홍 교수는 동료 교수가 보여준 MRI를 본 후 연극의 막을 내린 것처럼 눈앞이 점점 어두워져만 갔다.

"홍 원장도 알다시피 폐암이 급속도로 빨리 진행되고 있네."

"이 교수, 그런데 폐암이 이렇게 빨리 증식하는 게 가능하다고 보는가?"

"나도 이해가 되질 않는군."

이 교수는 고개를 가로저으며 의자에 털썩 주저앉았다.

"아무래도 너무 무리해서 급격히 심해진 게 아닌가 싶네. 한 가지 검사를 더 해보고 싶어. 조금 이상한 게 있어."

"무슨 검사?"

"일단 해보고 알려 줌세."

"혹시…."

홍 교수는 이상한 예감이 들었다.

"약물중독일 수도 있을까?"

이 교수가 그의 눈을 쳐다보더니 바로 고개를 떨궜다.

"일단 하나만 더 확인해 보세. 아직은 해줄 말이 없네. 미안하네."

그의 몸은 이미 치료 시기를 놓쳤다. 심해질 대로 심해진 그의 몸 상태는 더 이상 회복할 수 없는 상태였다. 홍 교수는 말기 암 앞에서 한없이 무기력할 수밖에 없었다.

"이 교수, 내가 몇 달 남았는지 얘기라도 해주게."

홍 교수는 허탈한 목소리로 애걸하듯 말했다.

"이 정도 속도면 2~3개월 정도밖에 남지 않았네. 유감일세."

이 교수는 홍 교수에게 남은 시간 동안 사랑하는 사람과 가고 싶은 곳에서 여생을 마무리하라고 했다.

한순간 시한부가 된 그는 눈물조차 나지 않았다. 자신의 죽음이 목전에 있다고 생각되자, 갑자기 부모님 생각이 났다.

"부모님, 제가 해 드린 게 많이 없어서 미안합니다. 그리고 스텔라 당신이 있었기에 내가 가는 날까지 웃으면서 갈 수 있겠어. 항상 고마워요."

지금 이 순간, 홍 교수의 머릿속에는 고향에 계신 부모님, 그의 가족들 그리고 스텔라 생각밖에 나지 않았다.

향수의 악보

빛의 삼원소로 모든 색을 만들 수가 있고, 진폭의 크기 및 배열로 모든 음악을 표현할 수 있다. 그러나 후각 같은 경우 아직까지 후각 수용체 기작을 이용해서 전달된다고 받아들여지기 때문에 많은 제약이 존재하고 있었다.

'만약에 향기를 배향력과 지속력으로 배열하여 코드화시켜 음악처럼 표현하면 어떨까?'

얼마 전 스텔라의 부탁으로 말러 교향곡을 감상하고 온 홍 교수는 처음 접해보는 경험에 온몸에 전율이 흘렀다. 음악의 위대함을 느낄 수 있었다.

말러 교향곡 제2번 부활.

죽음에 맞서 희망으로 분연하게 나아가는 모습을 닮았다. 한 인간이 삶의 의미와 죽음을 통해 고민하는 인생 드라마를 보는 듯하였다.

천고의 뒤에 머나먼 타향에서 돌아와 태어난 광야에서 목 놓아 노래 부르는 한 초인에게 호른 소리가 굉음처럼 울려 퍼졌다. 그 뒤 높은 하늘에서 울려 퍼지는 나팔소리, 마치 심판의 날의 장면이 떠오르면서 주변 천사들의 화답 연주가 이어진다. 곧이어 정적이 깔리고 인간들의 합창이 낮고 무겁게 얘기를 시작한다.

"나는 쟁취한 날개를 달고 날아가리라, 나 죽으리라, 살기 위하여, 부활하리라 부활하리라 내 마음이여, 한 찰나에 내가 고통받은 것 그것이 너를 신께 인도하리라."
(Mitflugeln, die ichmirerrungenwerdeichentschweben. Sterbenwerd' ich um zuleben! Aufersteh'n, ja aufersteh'nwirst du, meinHerz, in einem Nu! Was du geschlagenzuGottwirdes dich tragen!)

"그래 이거야. 음악의 노트와 향수의 노트는 같을 수 있어."

음악의 노트도 줄의 황금비율을 2/3씩 나누어 사람이 듣기 좋은 음정과 화음을 나타낼 수 있다면, 향수도 황금비율로 사람들이 좋아하는 완벽한 비율의 향수를 만들 수 있을 거라는 생각이 들었다.

'그럼 어떻게 노트를 만들까?'

'일단 분자량이 큰 순서대로 아로마를 베이스, 미들, 탑으로 구별하였다.

일단 스텔라가 언급한 7개의 기초 향수 노트를 분자량이 큰 순으로 나열하였다.

1. 몰약(Commiphora Opobalsamun) = C
2. 샌달우드(Sandalwood) = D
3. 유향(Frankincense) = E
4. 재스민(Jasmine) = F
5. 로즈(Rose) = G
6. 버가못(Bergamot) = A
7. 네롤리(Neoli) = B

홍 교수는 코드를 만들어 보았다. 고등학교 시절 자주 불렀던 양희은의 노래 '이루어질 수 없는 사랑'의 코드를 구성해 놓아 보았다.

일반적인 코드는 세 가지 음, 즉 기본음(근음,root)과 3도 및 5도음으로 구성된다. (간단하게 근음을 I, 3도음을 (III), 5도음을 (V)로 표시하기도 한다.) 3도, 5도음은 근음으로부터 각각 세 번째, 다섯 번째에 있는 음을 말한다.

예컨대 C가 근음이면 3은 E, 5는 G가 된다. 보통 코드의 이름은 근음을 따서 붙인다. 그래서 C와 E와 G로 이루어진 코드는 C 코드가 된다. C key에서 C, E, G는 각기 도, 미, 솔에 해당한다. 같은 이치로 F 코드는 F(I), A(III), C(V)로 이루어지며, C key에서는 각각 파, 라, 도에 해당한다. 또한 G 코드는 G(I), B(III), D(V)로 구성되며, C key에서는 각각 솔, 시, 레에 해당한다.

C- Am- DM- G7

C에는 1, 3, 5(몰약, 유향, 로즈)

Am에는 6, 1, 3(버가못, 몰약, 유향) - 마이너코드는 단3도인 ⟨1. 몰약⟩

의 분자량을 낮춤

Dm에는 2, 4, 6(샌달우드, 재스민, 버가못) - 마이너코드 〈4. 재스민〉의 분자량을 낮춤

G7에는 5, 7, 2, 4(로즈, 네롤리, 샌달우드, 재스민)

이제 실험이다.

"스텔라 완성됐어요. 이리와 봐요."

"그래요. 정말 완벽한 비율이네요. 아이디어가 너무 좋아요."

각각의 향수 냄새를 맡아본 스텔라는 감동하였다.

"C코드 향수도 너무 좋고, G7도 좋네요."

홍 교수는 지금까지 실험한 결과를 신이 나서 설명하였다.

"이 향수가 하나로 블렌딩되었다가 하나씩 노래처럼 나오는 건가요?"

스텔라는 궁금해 하며 질문했다.

"그렇죠."

"어떻게요?"

"음…."

"이게 노래가 되려면, C, Am, Dm, G7 형태로 순서대로 반복해서 향기가 터져 나와야 하는데 어떻게 할 수가 있죠?"

"그래서 사람의 췌장이 필요하다는 건가요?"

"예 맞아요. 향수를 만들 때는 알코올과 고압 산소를 넣는 작업과정이 있어요. 사람 췌장의 화학물질이 화학반응으로 인해 지방산이 작은 분자로 나누어진 아로마 입자들을 하나하나 감싸게 돼요. 그리고 분자량의 무게에 따라 순차적으로 하나씩 터지게 되는 거죠. 탄소 개수 32개 이하의 아로마 입자들의 2개에서 4개까지의 방향족 링이 순간적으로 깨지면서 폭포에서 물이 튀기듯이 코드로 구성되어 향이 순서대로 분출되는 거죠. 향수 7개를 만들어 그중 하나를 여신에게 바치는 거구요. 그걸 아프로디시아(aphrodisia)라고 하여 바로 최고의 여신의 향수가 되는 거죠."

"사람 췌장을 넣는다는 얘기는 이제 그만 좀 해요. 제발."

"그걸 가지는 자가 세상을 지배할 수 있고요."

"결국 '기게스의 반지'를 얻겠다는 건가요?"

"지배한다는 것이 권력을 가진다는 것은 아니에요. 저는 사람들에게 사랑받는 향수를 만들고 싶다는 의미에서 하는 말이에요."

"결국 같은 얘기잖아요? 신의 반지를 얻어 투명인간이 될 수 있는 힘을 갖게 되면 사람을 죽일 수도 살릴 수도 있으니까요."

"저는 그런 의도가 있지 않다고 얘기했어요."

스텔라가 언성을 높였다.

"인간, 요정, 난쟁이들은 절대 반지의 유혹을 견뎌 낼 수 없다는 걸 알잖아요? 그런 향수가 있을 수도 없고 있어서도 안 되고요."

"당신은 그런 향수가 있었는지도 모르고 만들 수도 없잖아요? 그게 어떤 효과를 낼지도 모르면서 어떻게 그렇게 단정 지어서 말할 수 있죠?"

"그래요, 난 몰라요."

"우리 가문은 이 향수를 천년 넘게 연구했어요. 그럼 우리 가문이 천 년 동안 쓸데없는 짓을 한 건가요?"

"결국은 권력의 냄새를 가지고 싶은 거겠죠. 사람들의 숨을 막히게 하고 죽이고 살릴 수 있는 힘의 냄새를요."

"그래 맞아요. 저는 그 냄새를 가지고 싶어요. 나에게서 로마 군사 지휘관의 냄새, 나폴레옹의 냄새, 신의 냄새가 났으면 해요. 저는 향수를 입는 게 아니라 권력을 입고 싶어요."

"스텔라…. 시체에 아무리 좋은 향수를 뿌려도… 썩은 영혼에 아무리 좋은 냄새를 입혀도 아무 소용없어요."

 스텔라는 방문을 쾅 닫고 나가 버렸다.

마지막 질문

 병세는 점점 더 안 좋아졌다. 스텔라와의 논쟁 후 여러 생각이 교차하였다.
 생명의 본질은 무엇일까? 생존과 번성에서 권력의지는 자기의 DNA를 확장시키는 번성의 확률을 높여주는 수단이기 때문이다.
 인간뿐만 아니라 모든 생명체는 자기만의 공간을 확보하려고 전쟁을 하고, 자신의 의지를 관철시키려 하고, 남의 영양분이나 환경을 자기에게 유리하게 가져오려고 한다.
 그게 권력이다.

'그래 스텔라가 추구하는 절대 향수가 잘못되었다고는 할 수 없어.'

김 교수님이 생각났다.

'결국 내가 가장 힘들 때 등불이 되어준 분이시구나' 하는 생각이 들었다.

수화기를 들어 김 교수님께 전화를 드렸다.

그간의 모든 얘기를 다 말씀드렸다.

"약물 중독으로 말기 폐암이라고?"

"예, 그렇습니다."

"그럼 자네는 어떤 방식으로 했는지 누가 그랬는지도 알고 있겠구먼."

"예 짐작이 갑니다."

"자네는 수천 종의 꽃의 이름과 종,속명을 외웠고 그 꽃에 대한 사연들도 알고 있지. 그리고 그 꽃들의 쓰임새도. 지금도 기억하는가?"

"예 잘 기억하고 있습니다."

"꽃들의 말에 절대로 귀를 기울이면 안 되고, 그저 바라보고 향기만 맡아야 한다고 얘기하였던 것도 기억하나?"

"아… 예."

홍 교수는 그 말에 이내 고개를 숙였다. 자신이 없었다.

"향기를 나눌 수 있는 사람이 되어야 한다고, 향기로 치료를 할 수 있는 의사가 되어야 한다고 하였지."

"예 그렇습니다."

"세상을 살며 세속적인 욕심이 없이 사는 게 가능할까? 라고 가끔 나도 생각한다네. 세상의 모든 생명체는 본질적으로 유한하지만 인간의 욕망은 유한의 한계를 넘어서지."

"예, 저도 느끼고 있습니다. 끝없는 인간의 욕망을요."

"자네는 단지 자신이 원하는 것이 향기라고 생각했지만, 다른 사람들이 원하는 것은 바로 자네 몸(췌장)이었네. 더 중요한 것은 자신들이 진짜로 원했던 것이 서로 무엇인지 모르고 있었다는 것이지."

"예 그렇습니다."

"마지막으로 하나 물어보고 싶은 게 있네. 자네는 어떤 향수를 만들고 싶었었나?"

"제가 뿌리고 싶어 했고, 맡고 싶어 했고, 풍기고 싶어 했던 향기입니다. 가장 순결하고 순수하며 위악이 없고 거짓이 없으며 진실되고 한없이 수수한 향기였습니다."

"그게 어떤 향기일지 상상이 되나?"

"아니오. 아직 잘 모르겠습니다."

"자네는 할 만큼 다 했다네. 고생 많이 하셨네, 홍 교수."

홍 교수의 슬픔

시한부 판정을 받은 홍 교수는 점점 어두워져만 가는 생각 속에서 벗어나 일터로 돌아갔다. 하지만 정신도 건강도 이미 망가질 대로 망가졌기에 일이 손에 잡히지 않았다. 결국 그는 스텔라를 호출했다.

"스텔라. 잠시 진료실로 와 줄래요."

스텔라는 그의 목소리가 심상치 않다는 것을 느꼈다. 무언가 문제가 생겼음을 직감한 스텔라는 곧바로 달려왔다.

"왜 그래요? 무슨 일이 있었던 거예요?"

스텔라는 다급하게 홍 교수에게 말했다. 홍 교수는 이 순간,

오히려 차분함을 느꼈다.

"스텔라. 지금부터 내가 하는 얘기 잘 들어요."

"네."

스텔라는 홍 교수의 진지한 목소리에 당혹스러웠다.

"사실 내가 몸이 조금 이상해서 대학병원에서 진료를 받고 왔어요."

말하는 도중 홍 교수는 자신도 모르게 그동안 참았던 눈물을 쏟아냈다.

"내가 죽는다네요. 길어 봤자 3개월 남았다더군요."

홍 교수는 사랑하는 스텔라 앞에서 무너져 내렸다.

"그게 도대체 무슨 말이에요? 울지 말고 천천히 얘기해 봐요."

스텔라는 무너지는 홍 교수를 일으켜 세우며 말했다.

"폐암이 급속도로 퍼졌어요. 손 쓸 수 있는 상태가 아니라고 하더군요."

"……."

그 말을 들은 스텔라는 더 이상 말을 잇지 못했다. 시한부인 홍 교수에게도 상당히 큰 충격이었지만 그 옆에서 매일 같이 챙겨주고 도와주던 스텔라에게도 감당하기 힘든 일이었다. 그들은 눈물을 훔치며 서로의 눈을 바라보고 있었다.

"이제 우리는 어떻게 하면 좋지요?"

스텔라는 홍 교수에게 오히려 애걸하듯 물었다.

점점 상태가 안 좋아지는 홍 교수는 도저히 병원과 연구소를 운영할 수 없어 장기간 휴업에 들어갔다. 그에게는 어쩌면 살면서 처음 있는 온전한 휴식 시간이었을 것이다. 하지만 그 휴식 시간은 임종을 앞둔 그에겐 행복한 착각일 뿐이었다.

"슬프지만 그래도 이제 나에게 쉬는 시간이라는 선물이 생겼네. 웃어야 하나 울어야 하나."

그는 모든 상황을 다 이해하고 체념하기 시작했다. 감정적이었던 것도 잠시 그는 빠르게 이성적으로 바뀌었으며 다음 상황을 계획하고 실행했다.

그동안 스텔라는 극진히 홍 교수를 간호했다. 그가 움직일 수 없으면 맑은 공기를 마실 수 있게 산책을 시켜주고, 식사를 하지 못하는 홍 교수를 위해 간단하게 샐러드와 부드러운 빵 그리고 스프까지도 매일같이 준비해주었다. 아침마다 커피가 없으면 일을 못했던 홍 교수를 위해 항상 이국적인 향내를 풍기는 민트

향의 커피를 손수 만들어 가져다주었다. 그렇게 하루하루가 지나가고 결국 홍 교수의 몸은 일상을 버틸 수 없는 지경에까지 이르렀다.

"이제 2개월 조금 안 남았군."

요즘 들어 밤에 통증으로 잠을 못 이루는 순간이 잦아졌다. 이제는 더 이상 혼자서 감당하기 힘들다는 것을 느낀 홍 교수는 스텔라에게 부탁했다.

"스텔라 지난번에 당신이 말해준 사이프러스에 한 번 갈 수 있을까? 당신이 살았던 곳이 어딘지 내가 죽기 전에 한번쯤은 보고 싶어."

스텔라는 홍 교수를 만류했다.

"그 몸으로 어딜 가려고요. 절대 안돼요."

"요즘 내가 잠을 못 들어. 너무 고통스러워. 그곳은 안락사도 가능하니까 나는 거기서 마무리하고 싶어. 날 위해 한 번만 도와줘요."

안락사라는 말을 들은 스텔라는 눈이 휘둥그레졌다. 스텔라 역시 아직 홍 교수를 보낼 준비가 되지 않았던 것이다.

"그만해요, 제발 그만."

홍 교수는 그런 스텔라를 오히려 위로했다.

"나도 의사인데 이 정도면 내가 어떤 상태인지 다 알아요. 더 이상은 버틸 수 없어요. 더 망가지기 전에 내 장기 중 쓸 수 있는 게 있으면 기증하고 싶어요."

"그만! 제발 그만 하라고!"

스텔라가 그만 얘기하라고 두 뺨에 손을 대고 흐느끼며 눈물을 흘렸다. 홍 교수는 침착하고 냉정하게 말을 이었다.

"그리고 스텔라 내 마지막 부탁은… 내 췌장을 가지고…."

홍 교수는 스텔라에게 마지막 부탁으로 미완성 과제를 완수해 달라고 부탁했다.

"그래요, 당신 원하는 거 뭐든 들어 드릴게요. 마지막으로 다 해드리고 싶어요."

두 사람은 서로를 부둥켜안은 채 울었다.

홍 교수는 그런 스텔라의 마음이 이해가 되었다. 지금까지 살아오면서 온전히 자신을 사랑해주고 보듬어준 사람은 스텔라뿐이었다.

지금까지 정말 많은 일들이 있었다. 무시도 당하고 차별받고 그 상황 속에서 치열하게 경쟁하며 여기까지 왔다고 생각했다.

그는 자신의 삶을 후회하지 않았다. 그가 고향 집을 떠나 서울로 온 것도, 아로마에 빠져 인생을 바친 것도. 이 모든 것은 스텔라를 만나면서 치유되고 잊혔다. 스텔라를 정말 사랑한다고 생각했다. 그녀를 위해 헌신했고 자신이 죽고 이 세상에 없어도 그녀에게 도움이 되고 싶다는 것이 홍 교수의 마지막 바람이었다. 그는 자신의 삶, 자신이 선택한 이 모든 것을 후회하지 않았다.

홍 교수는 스텔라에게 진심이 담긴 메시지를 적어서 그녀의 서랍장 안에 넣어두었다.

"고마워요, 스텔라. 당신 덕분에 행복했어요. 정말 많이 사랑했어요. 그리고 마무리 잘 부탁해요."

안락사

"저의 모든 사용 가능한 장기를 필요한 분들께 기증하고 싶고 나머지는 스텔라의 뜻을 따라 주시길 바랍니다."

녹화 테이프에서는 이틀 후 안락사 장면이 연이어서 나왔다.

"닥터 홍, 저희를 알아보시겠습니까?"

"예."

그의 목소리는 다 말라비틀어진 나뭇가지가 마지막 힘을 짜서 말하는 것 같았다. 며칠째 견딜 수 없는 고통에 계속해서 모르핀에 의지하였고 그의 의식은 점점 혼미해져갔다.

"오늘 장기기증과 안락사를 진행하려고 합니다. 마지막으로 하실 말씀 있으십니까?"

의료진은 홍 교수의 정확한 의사를 묻고 있었다. 목숨을 앗아가도 되느냐는 질문이 세상에 존재하다니, 홍 교수는 죽음의 문턱에서 아이러니를 느꼈다.

"저에게 5분만 시간을 주실 수 있을까요."

홍 교수는 애써 말을 이었다.

"예, 저희도 준비를 해야 하니 천천히 생각하고 계세요."

홍 교수는 눈을 감았다. 그리고 어떤 것이라도 떠올리려고 애썼다.

"이런 게 바로 주마등이구나."

바로 그 순간, 셀 수 없이 많은 장면들이 그의 머릿속을 지나가고 있었다. 그의 상념 속에서 자신의 모습은 어린애였다. 자신이 뛰어 놀던 뒷동산과 산기슭 옆에 이름 모를 무덤, 그리고 외양간에 있는 누렁이가 눈앞에 지나가고 있다. 나무칼을 들고 뛰어다니는 동생들. 들에서 그들을 보며 웃으시는 어머니도 보였다. 홍 교수는 나지막이 중얼거렸다.

"어머니, 엄마, 우리 엄마 참 젊었네. 고생 좀 덜 시켜 드렸어야 했는데. 항상 미안하고 고마워요."

갑자기 공포가 몰려왔다. 홍 교수는 자신도 모르게 소스라치는 생각에 흐느꼈다.

'나는 무섭다. 그리고 두렵다. 담담한 척했지만 사실 이 모든 선택이 후회가 된다. 나는 그냥 살고 싶다.'

저기, 의대 시절 마 교수 앞에서 자신 있게 발표하고 있는 모습이 보였다.

'그래, 어쩌면 돌이킬 수 없었던 저 때가 가장 행복했었는지도….'

전문의 자격증을 따고 좋아하는 모습과 결혼식 장면. 그리고 교수 부임 후 첫 모습까지. 그의 머릿속에 정말 많은 장면이 스치듯 지나갔다. 하나하나 잡고 생각하고 싶어도 자신에게 남은 시간은 3분 정도인 듯싶었다. 이제 점점 인생에 대한 마지막 정리를 해야 한다. 생각해보니 무엇보다 자신의 진료를 한번 받아보기 위해 찾아온 그 수많은 환자들에게 감사하고, 그들에게 자신이 할 수 있는 모든 도움을 드릴 수 있었던 것 또한 너무 감사하다는 생각이 들었다.

"그래, 어쩌면 내 인생을 만든 건 단지 향수가 아니었네. 아니었어. 그냥 그게 나였던 거야."

문득 그는 이런 생각이 났다. 자신이 만든 향수로 사람들이 그를 좋아하게 만든 것이 아니었다고. 확신을 가지고 발표하고, 고백하고, 진찰하는 이 모든 모습은 그의 자신감이었지 향수가 아니었다. 모자란 콤플렉스를 채우려고 그토록 갈망했던 향수의 비율은, 자신이 만들어 낸 자신감의 농도였던 것이다.

홍 교수를 비롯한 인류가 그토록 맹목적으로 찾으려 했던 그 천상의 향수. 그것의 비밀 레시피는 사람의 췌장이 아니었다. 아픈 환자와의 진심 어린 공감과 소통이었다. 시골에서 태어나 아무것도 없는 그에게 진심으로 그리웠던 따뜻한 손길, 눈빛, 다정한 대화와 공감이 다른 모든 이들에게도 필요한 것이었다.

"준비 되셨나요?"

그 차가운 말을 들은 순간 그의 심장은 이제 곧 멈출 것을 깨달은 홍 교수의 눈시울이 젖어들었다. 흐르는 눈물은 눈치 없이 자신의 고결한 선택을 부정하고 있었다.

"마취하겠습니다."

정신이 몽롱해지고, 어디론가 점점 빨려 들어가는 느낌이 들었다. 저 멀리 손이 닿지 않는 구름 속에 말러의 교향곡 제2번 〈

부활〉의 노랫소리가 들린다.

날아가리라.
죽으리라.
다시 태어나기 위해서.

그리고 돌아가신 아버지가 보였다. 그는 힘들게 입을 뗐다.

"아, 너무 아프고 힘들었습니다. 아버지. 보고 싶었습니다. 그리웠습니다. 저는 이제 후회하지 않습니다."

잠시 후 고향 집에 있는 향기가 느껴졌다. 조그마한 길옆에 이름 모를 들꽃에서 나오는 화사한 상쾌함이 산속 풀 향기와 섞여 있었고 동시에 막내 동생에게 젖을 물린 어머니의 모습이 보였다. 순간, 다디단 바닐라 향이 퍼져 나갔다. 이윽고 따뜻한 집의 서까래 냄새가 느껴졌다. 묵직한 우디 향의 냄새였다. 아래 집 경욱이 형네 연기 냄새와 섞인 아지랑이가 노래 소리와 함께 엉겨 화사한 불빛을 따라 올라갔다.

'잡아야 하는데…'

그는 손을 뻗었다.

"이거다. 이게 내가 그토록 찾았던 완벽한 냄새. 향기. 나의 아프로디시아. 아! 왜 난 지금껏 알지 못했는가."

"그래 그것은 인간의 향기야."

"아… 이제 목적을 다 이루었습니다."

그때, 어디선가 '삐이이…' 하는 소리가 들려왔다.

사이프러스 경찰청

  2시간이 넘는 동영상을 하나도 빠짐없이 확인한 찰스 경위는 잠시 동안 사색에 잠겼다. 그리고 잠시 후 가지고 있던 자료를 한 번 더 확인하고 나서 혼자 속삭였다.

  "이제야 감이 잡히는군. 이거였어. 스텔라가 매일같이 죽기 직전까지도 민트 향의 커피를 만들어 준 것은 다 이유가 있었군. 췌장을 얻기 위해 썼던 독성 아로마는 페니로얄이었던 거야. 커피 향과도 잘 어울리고, 하루 1~2밀리미터 정도씩 1달이면 폐암에 걸렸겠지. 그럼 간과 신장도….."

  그는 부검 결과서를 다시 한 번 확인했다. 그리고 확신에 찬 표정으로 말했다.

"그렇군. 살해된 스텔라 남자친구의 신장도 망가져 있었어. 그럴 수밖에."

찰스 경위는 사실 확인을 위해 전화기를 들어 세인트 병원에 있는 닥터 요한에게 물었다.

"선생님. 일전의 한국인 닥터 홍에 관해서 하나만 더 묻겠습니다. 혹시 장기기증에 신장도 있었다는데 이식이 되었나요?"

"아. 예, 제 기억으로는 추출 후 양쪽 모두의 신장 상태가 매우 안 좋았고 악성 종양까지 나와서 이식이 불가능했던 걸로 기억합니다."

"네. 알겠습니다."

이로써 모든 퍼즐이 맞춰졌다.

찰스 경위는 모든 사건의 전말을 파악했고 위의 사실들을 모두 정리해 압수수색 영장을 신청했다.

다음날 스텔라의 집과 사무실, 별장, 자동차 등 그녀와 관련된 모든 장소에 대한 압수수색이 이루어졌다. 30명이 넘는 경찰들이 수색을 한 끝에, 향수와 관련된 매매 기록, 수출입 내역, 독성 아로마 구입 여부 등에 대한 확인 작업이 이루어졌다. 찰스 경위는 보고를 하기 위해 사무실로 향했다.

그 순간 그의 머릿속을 스치고 지나가는 생각이 있었다.

'아직 그걸 찾지 못했어.'

찰스 경위는 사무실로 오자마자 급하게 다시 스텔라의 집으로 향했고 수색을 하고 있는 수사원들 사이로 지나쳐 그녀의 방안으로 들어갔다.

"도대체 어디에 숨겨 놓은 거야, 스텔라."

찰스 경위는 서랍과 책장 닥치는 대로 열어젖히며 샅샅이 뒤지기 시작했다. 그리고 얼마 지나지 않아 그는 오래된 것 같이 보이는 허름한 금고를 하나 발견했다.

"그래. 스텔라. 이제야 나를 도와주는군."

금고를 열자 셀 수 없이 쏟아져 나오는 향수병들 속에서 작고 빛나는 향수병 하나가 눈에 띄었다. 마치 수 천 년 동안 바다 깊은 곳에 파묻혀 있던 보석을 발견한 듯 찰스 경위는 그 향수병을 보고 실소했다.

"이거였어. 겨우 이거 하나 때문에 이렇게 돌아왔군."

그것은 스텔라가 그녀의 인생을 바쳐 만든 클레오파트라의 전설적인 향수였다. 하지만 그 안에는 향수가 얼마 남지 않아 있었고 찰스 경위는 조용히 안주머니 안에 향수병을 넣고 유유히 사건 현장을 빠져나왔다.

그가 잠시 숨을 돌리기 위해 바위 위에 놓여있는 의자에 앉아 망망대해를 바라보고 있을 때, 수사원 한 명으로부터 전화가 걸려왔다.

"경위님, 회사 자료 중에 전 세계에서 아로마를 대량으로 구입한 바이어 명단이 나왔는데. 한국의 닥터 홍과 얼마 전 살해된 남자친구의 이름도 있었습니다."

"그래? 일단 나한테 사진으로 명단 찍어서 보내주고 원본은 증거자료로 확보해 놓도록 해. 사무실에서 보자고."

찰스 경위는 담배를 입에 물며 모든 진실을 깨달았다는 듯이 고개를 끄덕였다.

"스텔라 당신은 도망칠 수 없어. 결국 내 손 안에 있잖아."

안주머니에서 향수병을 꺼내 다시 한 번 확인한 찰스 경위는 웃음이 멈추지 않았다. 깨알 같은 글씨가 스티커에 적힌 향수병을 본 그는 웃음을 뒤로 한 채 어디론가 전화를 걸었다.

"결국 찾았습니다. 수천 년 동안의 역사를. 우리가 그토록 원하던 클레오파트라의 전설적인 향수. 이제 췌장만 구하면 세상은 우리 것이 될 것입니다."

- 의사의 향기. 끝 -

참고자료

1. 미르/멀/몰약(Myrrh)

- **학 명** | Commiphora myrrha
- **과 명** | Burseraceae
- **원산지** | 소말리아
- **추출방법** | 수증기 증류법
- **추출부위** | 줄기, 가지의 고무수지
- **색과 향** | 온화한 머스크향
- **주성분** | δ-엘레멘(δ-elemene)[하이드로카본 Hydrocarbons], 커지레논(curzerenone)[케톤 Ketones]
- **특 성**

  로마군의 군수 필수품이었으며 프랑킨신스와 유사하나 향이 조금 더 가볍다. 방부작용을 하기 때문에 미라의 제작 시 사용되었다. 임신 중에는 사용을 금한다. 진정작용을 하기 때문에 과거, 명상이나 종교의식에 많이 사용되었다. 소량 사용 시 안전하게 사용할 수 있다.

- **약리기능**

  기침, 항염증, 항바이러스, 수렴, 통경, 거담, 항진균, 점액용해, 자극, 위기능 강화, 토닉, 자궁 기능 강화, 상처치료, 진통작용, 수렴작용을 한다. 거담 작용을 하기 때문에 점액이 과다 분출되는 호흡기 장애에 효과적이며 진물 나는 피부나 아구창, 캔디다증에 적용된다. 방부성이 뛰어나며 그 외 구강과 목에 강력한 효과를 보이기 때문에 이비인후과 질환에 효과적이다.

- ◼ 적용

    만성호흡기질환/만성피부질환/강장/신경계

    기관지염, 감기, 기침, 소화장애, 설사, 진정, 명상, 구강궤양, 편도선, 잇몸감염, 상처치유, 관절염, 면역기능강화, 정맥류

2. 진저/생강(Ginger)

- ◼ 학 명 | Zingiber officinale
- ◼ 과 명 | Zingiberaceae
- ◼ 원산지 | 중국, 인도, 말레이시아
- ◼ 추출방법 | 수증기 증류법
- ◼ 추출부위 | 뿌리, 줄기
- ◼ 색과 향 | 온화하고 자극적인 나무향이 섞인 향신료향
- ◼ 주성분 | 진기베런(zingiberene)[하이드로카본 Hydrocarbons], ar-커큐먼(ar-curcumene)[하이드로카본 Hydrocarbons]
- ◼ 특 성

    고농도로 사용 시 피부자극 및 알레르기 반응이 있을 수 있으니 저용량으로 희석해서 사용하여야 한다. 민감성 피부와 임산부의 사용을 금한다. 감광성 작용도 일으킬 수 있으며 임신 중 사용을 금한다. 단 임신초기 입덧엔 발향법이나 흡입법으로 사용 가능하다.

- ◼ 약리기능

    거담, 항우울, 진통, 방부, 구풍, 충혈해소, 해열, 완화, 발적, 자극, 건위, 강장, 식욕촉진기능이 있다.

    성욕촉진 기능이 있어 최음제로 사용되기도 하며, 류머티스, 관절염, 근

육통 등에 저용량으로 희석하여 마사지나 습포를 시행한다.

- ▣ 적용

  혈액순환, 소화기계, 근육골격계, 여성생식기 관절염, 멍든 데, 기침, 오한, 장경련, 전염병예방, 설사, 고열, 독감, 목감기, 소화불량, 식욕부진, 류머티스, 편도선염, 근육통, 위경련, 부비동염, 복통, 기관지염, 변비, 헛배부름, 관절염, 통풍, 피로

3. 시더우드(Cedarwood)

- ▣ 학 명 | Cedrus Atlantica
- ▣ 과 명 | Cupressaceae
- ▣ 원산지 | 모로코
- ▣ 추출방법 | 수증기 증류법
- ▣ 추출부위 | 통나무(톱밥)
- ▣ 색과향 | 나무향
- ▣ 주성분 | 시스키터펜(sesquiterpenes)[하이드로카본 Hydrocarbons], 시스키터페놀(sesquiterpenols)[알코올 Alcohol], 시스키터페논(sesquiterpenons)[케톤 Ketones]
- ▣ 특 성

  사원에서 사용된 아로마 중 가장 오래된 것으로, 영적인 능력이 있다고 믿어져 미라 제작에 사용되었다. 현대에 와선 목욕용품 제작에 주로 사용된다. 민감성 피부의 경우 피부 자극을 유발할 수 있으며, 키톤 성분이 다량 함유되어 있기 때문에 임신기간 중엔 사용을 금한다.

- 약리기능

  방부, 최음, 수렴, 항박테리아, 상처치유, 거담, 항균, 벌레퇴치, 담용해, 강장작용을 한다. 호흡기와 비뇨기 질환에 주로 사용되며, 건성습진, 비듬, 건선, 원형탈모증 등 피부과 질환에도 탁월한 효능을 보이고 있다. 진정작용과 수렴작용, 거담작용과 항진균, 방부성이 뛰어나다.

- 적 용

  모든 기관 특히 신장 및 폐 토닉작용, 여드름, 원형탈모, 만성기관지염, 기침, 셀룰라이트, 흉부감염, 수분정체, 곰팡이감염, 방광염, 관절염, 비듬, 습진, 질감염, 지성피부, 셀룰라이트

4. 카모마일저먼(Chamomile German)

- 학 명 | Matricaria chamomilia
- 과 명 | Compositae
- 원산지 | 프랑스, 모로코, 이집트
- 추출방법 | 수증기 증류법
- 추출부위 | 꽃
- 색과 향 | 자극적이지 않고 산뜻한 풀향
- 주성분 | 카모마줄렌(chamazulene)[하이드로카본 Hydrocarbons], α-비사보롤 옥사이드(α-bisabolol)[옥사이드 Oxides]
- 특 성

  소아에 적당하며 가장 오래된 의용식물. 통경작용을 하기 때문에 임신 초기에는 사용을 금한다.

- **약리기능**

    진통, 항알레르기, 항염증, 진경, 항박테리아, 상처치유, 담즙분비, 충혈해소, 해열, 소화촉진, 항진균, 호르몬분비조절, 면역자극, 진정, 기생충박멸, 상처치유기능이 있다. 소염작용이 탁월하다.

- **적 용**

    정신적 스트레스에 관련된 모든 신체질환에 적용 가능. 교감신경안정, 임산부와 아기들에게 일어나는 대부분 질환에 적용가능

    외상, 신경통, 두통, 이통, 결막염, 류머티스, 경련, 우울증, 불안, 불면증, 스트레스, 소화기 장애, 위궤양, 질염, 폐경기증후군, 치통, 빈혈

5. 일랑일랑(Ylang-ylang)

- **학 명** | Cananga odorata
- **과 명** | Annonaceae
- **원산지** | 인도네시아, 필리핀
- **모양** | 노란 꽃을 가진 열대 나무
- **추출방법** | 신선한 꽃을 골라 수증기 증류법으로
- **주성분** | Ylang-ylang extra(최상품경우), 세스퀴테레핀(40%), 알코올(20%), 에스테르(15%) * 저급 오일은 리나룰 알코올 함유가 많지 않다
- **특 성**

    진정/정신/신경/교감신경안정/최음/항우울

    항당뇨, 살균, 진경, euphoric, 혈압저하, 신경안정, 강심작용, 신경계 진정, tonic general, stimulant adrenal, circulatory

■ 주의사항

피부민감, 과다 사용주의, 적절하게 사용할 때에도 두통의 원인이 될 수 있다. 저혈압인 사람에게도 주의 요함(두통이나, 어지러움증이 유발되면 사용을 중단할 필요가 있음)

6. 레몬그라스(Lemongrass)

- ■ 학 명 | Cymbopogon citratus(C. flexuosus)
- ■ 과 명 | Graminae
- ■ 원산지 | 아시아, 인도
- ■ 모 양 | 방향성의 다년초
- ■ 추출방법 | 신선한 풀과 부분건조한 풀을 증기 증류함
- ■ 주성분 | 70-85% 알데하이드(citral)
- ■ 특 성

  민감한 피부라면 사용에 주의하도록.
- ■ 약리기능

  진통, 항우울, 항염증, 항균제(Staphylococcus aureus, E.coli, Proteus vulgaris subtilis-vegetative and spores, Strep faecalis), 항독제, anti-rickets, 살균, 수렴제, 구풍, 데오드란트, 해열, 살충, 최음제, 살충, 신경안정, 강장, 항암
- ■ 적 용

  진경/진통/, 각종 감염성, 소화기계

7-1. 유칼립투스(Eucalyptus)

- 학 명 | Eucalyptus globules
- 과 명 | Myrtaceae
- 원산지 | 호주
- 추출방법 | 수증기 증류법
- 추출부위 | 잎
- 색과 향 | 나무향
- 주성분 | 1,8-시네올(1,8-cineole)[하이드로카본 Hydrocarbons], α-피넨(α-pinene)[하이드로카본 Hydrocarbons]

- 특 성

  대량으로 사용 시 신장을 자극할 우려가 있으며 장기간 사용과 임산부, 유 소아에 대한 사용을 금한다. 마취제로도 쓰이며 타임과 함께 사용할 경우 좋다. 고혈압, 간질환자의 사용을 금한다. 구강섭취를 절대 금한다.

- 약리기능

  진통, 항류머티스, 방부, 항바이러스, 항박테리아, 충혈해소, 탈취, 정혈, 이뇨, 거담, 해열, 해충, 신장기능강화, 발적제, 자극제, 외상치유, 혈당저하기능을 한다. 거담기능이 있어 목감기, 인후염, 부비강염, 해소, 비염 등에 효과가 있으며, 청량감과 방부효과가 있어 지성피부, 종기, 여드름, 헤르페스치료에 사용된다. 항염증 기능이 있어 근육통, 류머티스, 관절염, 기타 염증 치료에 사용된다. 진통작용이 있으며, 방부성이 뛰어나고 항바이러스기능이 있어 감기나 독감의 예방과 치료에 사용된다.

- 적 용

  기관지염, 화상, 기침, 감기, 입술헤르페스, 수두, 방광염, 전염병, 고열, 독감, 후두염, 홍역, 신장염, 신경통, 류머티스, 성홍열, 대상포진, 부비동염, 인후염, 외상, 두통, 방광염, 천식, 근육통, 피부궤양, 비뇨기감염증, 방충, 자상, 소염제

7-2. 유칼립투스(Eucalyptus)

- ■ 학 명 | Eucalyptus citriodora
- ■ 과 명 | Myrtaceae
- ■ 원산지 | 호주
- ■ 추출방법 | 수증기 증류법
- ■ 추출부위 | 잎
- ■ 색과 향 | 나무향
- ■ 주성분 | 시트로네랄(citronellal)[알데하이드 aldehydes], 이소푸레골(isopulegol)[페놀 Phenols]
- ■ 특 성
  열대 기후에서 자라는 나무로, 항진균 작용이 뛰어나기 때문에 캔디다나 기타 진균성 질환에 효과적이다.
- ■ 약리기능
  진통작용, 항진균, 항류머티스, 항박테리아, 진정, 감염예방, 항당뇨, 항염증 기능이 있다.
- ■ 적 용
  류머티스, 질염, 캔디다, 대상포진, 관절염, 포도상구균, 당뇨,

8. 페퍼민트(Peppermint)

- **학 명** | Mentha piperita
- **과 명** | Labiatae
- **원산지** | India
- **추출방법** | 수증기 증류법
- **추출부위** | 잎, 꽃잎
- **색과 향** | 달콤한 민트향
- **주성분** | 멘솔(menthol)[알코올 Alcohol], 1,8-시네올(1,8-cineole)[옥사이드 Oxides]
- **특 성**

  점막을 자극하며 피부 가려움증을 유발할 수 있기 때문에 반드시 희석해서 사용해야 한다. 젖 분비를 억제하기 때문에 수유 중에는 사용을 금하며, 간 질환과 천식을 유발할 수 있기 때문에 임산부와 3세 이하의 유아에게는 사용을 금한다. 동종약물과 함께 사용하지 않으며 과잉 사용이 되지 않도록 주의한다. 피부발진을 유발할 수 있기 때문에 민감성 피부의 경우 사용에 주의해야한다. 간질 환자나 신경질환자의 사용을 금한다. 간혹 수면장애를 유발하기도 한다.

- **약리기능**

  신경을 자극, 강화하며 기분을 상승시켜 쇼크에 효과가 있으며 집중력과 기억력 향상에 도움이 된다. 복통, 설사, 소화불량, 구취 등 모든 종류의 소화장애와 위 기능 강화에 효과가 있다. 방부, 소염, 거담작용, 진정작용, 살균작용, 진통, 항박테리아, 항진균, 소염, 젖 분비 억제, 진경, 항바이러스, 구풍, 거담, 신경자극, 강심, 충혈해소, 해열, 간 기능 강화, 호르몬조절, 해충박멸, 점액희석, 신경강화, 자극제, 소화촉진, 발한, 혈관수축 기능이 있다.

- **적용**

  진경/진통/근육골격계/급성감염증/소화기계

  여드름, 기관지염, 감기, 복통, 설사, 유방충혈, 졸도, 열, 위염, 구취, 두통, 소화불량, 독감, 해충, 정신적 피로, 편두통, 오심, 생리주기조절, 개선증, 쇼크, 부비동염, 멀미, 현기증, 구토, 정맥류, 치질

9. 라벤더(Lavender)

- **학 명** | Lavendula officinalis/anguistifolia
- **과 명** | Labiatae
- **원산지** | 프랑스
- **추출방법** | 수증기 증류법
- **색과 향** | 달콤하고 신선한 꽃향기, 나무향기, 풀향기
- **추출부위** | 꽃, 잎
- **주성분** | 리나룰(linalool)[알코올Alcohol], 리나릴 아세테이트(linalyl acetate)[이스터Esters]
- **특 성**

  수 백 년 전부터 사용되었으며, 현재까지도 가장 광범위한 치료목적을 위해 애용되고 있다. 화상치료에 특효를 나타내며 가정상비약으로 요긴하게 쓰일 수 있다. 가트포세가 화상치료를 통해 처음으로 아로마 오일의 피부재생 효과를 발견한 오일이다. 비교적 안전한 오일이지만, 임신 초기 3개월까지는 절대 사용을 금하고 있으며, 간혹 지속적으로 피부에

적용할 경우 알레르기 반응 등 접촉성 피부염을 일으킬 수 있다. 졸음유발과 혈압강하 작용으로 인해 저혈압 환자에게는 사용상의 주의를 요한다. 진경작용을 하기 때문에 임산부에게는 가능하면 사용을 금한다.

■ 약리기능

면역기능 강화, 항경련작용, 부신피질 자극제, 진통, 항우울, 항진균, 방부, 진경, 수렴, 항바이러스, 항박테리아, 강심, 소화촉진, 세포재생촉진, 충혈해소, 담즙분비, 진정, 이완 효과가 있으며 항염증 기능과 항박테리아 기능과 세포재생 능력이 탁월하여 화상이나 모든 종류의 상처치유에 이용된다. 진통기능, 이뇨작용, 살충효과가 있으며 호르몬 균형을 맞춰주어 부인병에 유효하다.

■ 적용

교감신경이완, 상처치유, 화상치유

스트레스, 불안, 우울증, 불면증, 두통, 편두통, 감기, 생리조절, 폐경기증후군, 생리통, 두근거림, 고혈압, 류머티스, 관절염, 섬유막염, 좌골신경통, 벌레 물린데, 화상, 여드름, 비듬, 습진, 생리전 증후군, 근육통, 긴장이완, 일광화상, 기침, 기관지염, 독감, 순환기장애, 건선, 부비동염

■ 심리적 효과

심신이 피로해 어느 누구에게도 영향 받지 않으면서 조용히 혼자만의 시간을 갖고 싶을 때, 그러면서 심신의 휴식을 갖고 싶을 때.

10. 호호바(jojoba)

■ 학 명 | Simmondsia chinensis

■ 추출부위 | 열매

- ▪ 색과 향 | 무색 무향
- ▪ 특 성

  일반적으로 화장품이나 향수의 원료로 쓰이며 기름기가 별로 없는 캐리어 오일 중 하나이다. 왁스 구조를 가지고 있으며, 향이 없고 보존 기간이 길고 안정적이다. 보습효과가 뛰어나며 모든 피부타입에 적합하며 염증치료, 습진개선, 여드름 치료 등에 사용되고, 피부 영양제나 유화제로 사용된다. 모발관리에 효과적이다.

- ▪ 약리기능

  보습, 피부재생, 항산화작용을 한다.

- ▪ 적 용

  염증치료, 비듬, 피부염, 건성피부, 습진개선, 여드름, 피부영양제, 피부유화제, 모발관리

11. 포도씨유 / 그레이프시드(Grapeseed)

- ▪ 학 명 | Vitis vinifera
- ▪ 추출방법 | 압착법
- ▪ 추출부위 | 열매의 씨
- ▪ 색과 향 | 연한 황색이며 시트러스 향이 약하게 가미되어 있다.
- ▪ 특 성

  비타민, 미네랄이 풍부하고 수렴효과가 뛰어나 지성 피부에 좋다. 콜레스테롤이 없고 유분이 적어 피부의 흡수율이 좋아 마사지의 사용에 가장 이상적인 캐리어 오일이다. 자체의 향이 없기 때문에 블렌딩 했을 경우, 에센셜 오일의 향을 그대로 보존할 수 있다. 미끌거리지 않고 그대로

피부에 흡수되기 때문에 마사지용 캐리어 오일에 적합하며 가격이 저렴하기 때문에 사용에 부담이 없다.

- ▣ 약리기능

  방부작용이 뛰어나다.

- ▣ 적용

  지성피부, 마사지용 블렌딩 오일

12. 소나무향 / 파인(Pine)

- ▣ 학 명 | Pinus sylvestris
- ▣ 과 명 | Pinaceae
- ▣ 원산지 | 스칸디나비아
- ▣ 추출방법 | 수증기 증류법
- ▣ 추출부위 | 잎, 솔방울
- ▣ 색과 향 | 소나무향
- ▣ 주성분 | α-피넨(α-pinene)[하이드로카본 Hydrocarbons], β-피넨(β-pinene)[하이드로카본 Hydrocarbons]
- ▣ 특 성

  소나무향으로 삼림욕에서 피톤치드의 중요한 성분 중 하나이다. 장기 사용과 알레르기성 피부질환이 있는 경우 사용을 금한다. 스코틀랜드와 노르웨이의 소나무에서 추출하며 껍질이 붉은 것을 사용한다.

- ▣ 약리기능

  부신피질촉진, 진통, 항염증, 방부, 항진균, 항발한, 항박테리아, 거담, 해충방지, 강장, 구충, 면역활성화 작용을 하며 면역개선 효과가 있다.

▣ 적용

호흡기계감염(만성) / 비뇨기계 질환 / 근육골격계 / 제독작용 및 림프순환 촉진

관절염, 기관지염, 기침, 방광염, 발한, 독감, 통풍, 개선증, 류머티스, 부비동염, 수의용, 후두염, 인플루엔자, 관절염, 신경통, 습진, 근육통, 호흡기장애

13. 로즈(Rose Otto)

- ▣ **학 명** | Rosa centifolia/damascene
- ▣ **과 명** | Rosaceae
- ▣ **원산지** | 모로코
- ▣ **추출방법** | 증류법
- ▣ **추출부위** | 꽃
- ▣ **색과 향** | 온화하며 풍부한 장미향
- ▣ **주성분** | 페네틸 알코올(phenethyl alcohol)[알코올 Alcohol],] 시트로네롤(citronellol)[알코올 Alcohol]
- ▣ **특 성**

부인병에 탁월하며, 자궁기능강화로 인한 부인병 치유를 비롯하여 산후 우울증, 생리전 증후군 등 여성의 생식기와 관련한 정서장애에 효과적이다. 진경기능이 있어 임신 중에는 사용을 금하지만 임신초기 우울증 증세에 향을 흡입하거나, 산후 우울증에 아주 적당한 오일이다. 남성에게 사용 시 정자수가 증가하기도 한다.

모세혈관 강화기능이 있으며 건성, 민감성 피부관리에 최상의 효과를 보이나, 피부를 자극할 수도 있기 때문에 과도한 사용을 금한다.

- ▣ 약리기능

    항박테리아, 항우울, 항감염, 항염증, 방부, 진경, 최음, 수렴, 담즙분비, 상처치유, 출혈방지, 간기능 강화, 완화제, 비장기능 강화, 소화촉진, 자궁기능 강화, 항박테리아, 진경작용, 수렴작용, 이뇨작용, 진정작용을 한다.

- ▣ 적용

    생식기/간/정신/신경계/피부

    결막염, 우울증, 불감증, 애도반응, 발기부전, 불면증, 생리주기조절, 냉증, 피부관리, 불임, 자궁장애, 변비, 피부 모세혈관확장증, 건성피부, 노화피부, 민감성피부, 두통, 생리전 증후군, 스트레스,

14. 재스민(Jasmine)

- ▣ 학 명 | Jasmine officinale
- ▣ 과 명 | Oleaceae
- ▣ 원산지 | 이란, 인도, 프랑스, 레바논, 모로코 등 세계각지에서 재배됨.
- ▣ 추출방법 | 꽃으로부터의 용매 추출법
- ▣ 주성분 | 54% esters(benzyl acetate 포함), 24% alcohols
- ▣ 특 성

    정신/신경계, 생식계, 각종노화방지

    진통, 항우울, 항염증, 살균, 진경, 최음, 구풍, 반흔형성제, 거담, 진정, 자궁강장

- ▣ 주의사항

    임신 중 금지, 피부에 따라 예민반응이 일어날 수 있음 / 1.5% 이하 블렌딩 필요

15. 클라리 세이지(Clary sage)

- 학 명 | Salvia sclarea
- 과 명 | Labiatae
- 원산지 | 프랑스
- 추출방법 | 수증기 증류법
- 추출부위 | 잎, 꽃의 윗부분
- 색과 향 | 마른 풀향의 달콤한 향신료향
- 주성분 | 리나릴 아세테이트(linalyl acetate)[이스터 Esters], 리나룰 (linalool)[알코올 Alcohol]

- 특 성

  진정작용이 뛰어나기 때문에 운전이나 고도의 집중력과 두뇌사용을 요하는 활동 전 사용을 금하며, 진경작용과 혈압강하 작용이 탁월하기 때문에 임산부와 저혈압에는 사용을 금한다. 사용 전후 24시간 이내에는 심한 두통을 유발할 가능성이 있으므로 사용을 금한다.

  암과 관련된 호르몬제 복용 시 사용금지. 음주 시 사용금지(마취 효과 유발/만취 상태로 만든다)

- 약리기능

  항경련, 항우울, 항진균, 방부, 항류머티스, 진정, 땀분비억제, 최음, 수렴, 항박테리아, 구풍, 충혈해소, 탈취, 소화촉진, 이뇨, 생리촉진, 기분상승, 진정, 혈압강하, 위기능 강화, 자궁강화 기능을 한다.

  기분을 상승시키고 긴장을 이완시켜 주기 때문에 우울증, 불안증, 긴장감, 신경쇠약, 정신피로, 수면장애 해소에 탁월하다. 방부성이 우수하며 호흡기계의 안정과 항염증 효과가 있어 목의 소양증이나 목이 쉬는 현상을 치유해준다. 자궁친화적이라 생리전 증후군, 생리통, 생리주기조절, 폐경기증후군, 부풀은 유방의 진정에 효과가 있다.

- 적용

  신경계, 근육골격계, 호르몬계

  여드름, 무월경, 천식, 뾰루지, 기관지염, 장 통증, 비듬, 우울증, 불임, 생리장애, 감염증, 히스테리, 발기부전, 가스, 편두통, 후두감염, 신경쇠약증, 피부관리, 아구창, 궤양, 백일해, 생리통, 소화장애, 생리전 증후군, 피로, 호흡기장애, 근육경련

16. 프랑킨신스/유향(Frankincense)

- 학 명 | Boswellia thurifera
- 과 명 | Burseraceae
- 원산지 | 오멘
- 추출방법 | 수증기 증류법
- 추출부위 | 껍질부위에서 나오는 수지
- 색과 향 | 따뜻하고 달콤한 방향성 향
- 주성분 | α-피넨(α-pinene)[하이드로카본 Hydrocarbons], α-투젠(α-thujene)[하이드로카본 Hydrocarbons]
- 특 성

  고대 이집트에서 미라 제작에 사용되었다. 자궁을 진정시켜 주기 때문에 출산 후 마사지에 사용되기도 한다. 일반적으로 알려진 독성이 없어 안정적인 오일이지만 알려지지 않은 일부 성분들로 인해 임산부에게의 사용을 금한다.

▣ 약리기능

정신을 고양시키고 위로와 위안 효과가 있어 심리적 불안을 해소하고 긴장을 이완시켜준다. 세포재생의 효과가 탁월하여 주름제거와 노화된 피부의 회복, 종기, 창상 등 상처의 치유에 효과가 있다. 진통작용, 항우울, 방부성, 거담작용, 항염증, 수렴, 상처치유, 세포재생, 소화촉진, 이뇨, 거담, 진정, 강장, 자궁기능 강화기능을 한다.

▣ 적용

전체적인 토닉, 특히 호흡기성 만성 질환에 적용 가능, 신경계 불안증, 기관지염, 기침, 천식, 우울증, 후두염, 무기력증, 명상보조, 상처치유, 긴장완화, 외상 후 쇼크(PTSD), 노화된 피부, 구강궤양, 감기, 호흡기장애

17. 버가못(Bergamot)

- ▣ 학 명 | Citrus bergamia
- ▣ 과 명 | Rutaceae
- ▣ 원산지 | 이탈리아
- ▣ 추출방법 | 냉각 압착법
- ▣ 추출부위 | 열매의 껍질부위
- ▣ 색과 향 | 달콤한 과일향
- ▣ 주성분 | 리모넨(limonene)[하이드로카본 Hydrocarbons], 모노테페놀(monoterpenols)[알코올 Alcohol], 리나릴 아세테이트(linalyl acetate)[이스터 Esters]

■ 특성

최초로 재배된 이탈리아 소도시의 이름을 따서 명명되었으며 수백 년 동안 이탈리아의 민간요법에서 사용되었다. 라벤더, 제라늄과 함께 아로마 향수로도 많이 쓰인다. 일광에 노출될 경우 피부 감광성을 유발할 수 있기 때문에 사용 후 2시간 이내에는 일광에 노출되는 것을 절대 금하여야 한다. 진경작용을 하기 때문에 임신 중에는 사용을 금한다.

■ 약리기능

진통, 진경, 항바이러스, 항박테리아, 상처치유, 진정, 탈취, 소독, 거담, 해열, 신경안정, 소화촉진, 강장, 방부성이 뛰어나며 진경작용, 강력한 항우울, 항불안 효과가 있어 정신질환에 유효하며, 식욕을 조절하여 식욕부진증에 좋다. 세포재생능력이 탁월하여 피부미용에 좋으며, 방광, 콩팥 등 비뇨기계 친화성이 있으므로 비뇨기과 질환에서 자주 사용된다.

■ 적용

폐, 면역계, 소화기계, 정신/신경계

여드름, 종기, 기관지염, 감기, 입술 헤르페스, 방광염, 우울증, 습진, 열, 해충박멸, 식욕부진, 신경성 긴장, 건선, 피부관리, 요도염, 구강궤양, 편도선, 수두, 헛배부름

■ 심리적 효과

우울증(반복된 심리적인 억누름으로 인하여 모든 에너지가 소진 되었을때)

18. 아몬드(Almond)

■ 학명 | Prunus amygdalus

- **추출방법** | 압착법
- **추출부위** | 열매
- **특성**

  동양에서 마사지 오일로 널리 애용되었던 오일이다. 비타민 B를 함유하고 있어 민감성 피부에 적합하며 주름살을 방지하고, 블렌딩시 에센셜 오일의 침투력을 높여준다. 중저가 오일로 사용이 용이하나 공기에 오래 노출되면 부패의 우려가 있으므로 사용에 주의해야 한다. 또한 점도가 강해 지성피부에는 좀처럼 사용하지 않는다.

- **적용**

  피부가려움증, 피부건조, 염증성 질환, 습진

19. 주니퍼(Juniper)

- **학명** | Juniperus communis
- **과명** | Cupressaceae
- **원산지** | 코로아티아
- **추출방법** | 수증기 증류법
- **추출부위** | 열매의 껍질부위
- **색과 향** | 신선하고 달콤한 소나무향
- **주성분** | α-피넨(α-pinene)[하이드로카본 Hydrocarbons], 터피넨-4-올(terpinen-4-ol)[알코올 Alcohol]
- **특성**

  측백나무로 알려져 있으며 과거 콜레라, 장티푸스, 페스트의 예방용으로 사용되었다. 강한 이뇨 성질이 있어 신장염증에는 사용을 금하며, 임산부의 사용을 금한다.

■ **약리기능**

진통, 항류머티스, 방부, 진정, 항독성, 수렴, 정혈, 소화강화, 이뇨, 생리유도, 신경강화, 기생충 박멸, 순환촉진, 진정, 위강화, 강장, 상처치유, 강간작용, 해독, 배설, 정화작용을 한다.

비뇨기계 친화성이 있어 이뇨작용이 뛰어나기 때문에 전립선질환, 방광염, 배뇨곤란, 신장결석, 셀룰라이트, 체액저류 등의 정상화에 사용되며, 해독작용이 있어 과음, 과식에도 효과적이다. 정신적 해독작용이 있어 전신피로나 정신피로의 회복에도 효과가 있다. 거담작용과 수렴작용이 뛰어나다.

■ **적용**

신장/이뇨작용, 림프순환, 자극

여드름, 무월경증, 관절염, 셀룰라이트, 기침, 방광염, 피부염, 전염병, 습진, 통풍, 치질, 피로권태, 식욕부진, 신경장애, 부종, 오줌정체, 류머티스, 궤양, 요로결석, 관절염, 비만, 피로, 전립선비대증, 살균

20. 샌달우드/백단목(Sandalwood)

■ **학 명** | Amyris balsamifera

■ **과 명** | Santalaceae

■ **원산지** | 자메이카

■ **추출방법** | 수증기 증류법

■ **추출부위** | 줄기

■ **색과 향** | 점성이 강한 엷은 노란색의 액체로 달콤하면서도 이국적인 나

무향이 난다.

- **주성분** | α-산타롤(santalol)[알코올 Alcohol], β-산타롤(santalol)[알코올 Alcohol]
- **특성**

  종교의식에 주로 사용되었으며, 방부작용을 하기 때문에 고대 이집트에서의 미라 제작에 사용되었다. 방부작용이 뛰어나기 때문에 임질을 비롯한 각종 성병의 치료에 사용되었다. 진경작용을 하기 때문에 임산부에게는 사용을 금하며 최음 효과와 기분을 가라앉히는 작용이 뛰어나 흥분을 가라앉히거나 긴장해소에 효과적이지만, 우울증 환자에게는 사용을 금한다.

- **약리기능**

  항감염, 진정, 최음, 수렴, 구충, 강심, 항 출혈, 이뇨, 거담, 신경안정, 강장 작용을 한다.

  정서적 이완작용과 불안, 긴장 해소작용을 하며, 노화방지 및 주름살을 부드럽게 펴주는 효과가 있기 때문에 피부미용에도 사용된다. 기저의 불안을 제거하여 불감증을 치료하거나 최음제로 사용되기도 하며 이뇨작용이 뛰어나 방광염 치료에도 사용된다. 진정작용과 방부성이 뛰어나다.

- **적용**

  토닉/신경/정신/생식계

  기관지염, 기침, 방광염, 설사, 불면증, 후두염, 신경성긴장, 실내환기, 발기부전, 불감증, 버짐, 습진, 두드러기, 발진, 기저귀습진, 인후염, 천식, 폐렴, 체액정체, 면역기능 강화, 신경이완, 여드름, 건성피부, 피로, 스트레스

- **심리적 효과**

  이것은 인도에서 아주 귀하게 다루는 오일로 자신을 보호하는 오라를

형성하게 해주는 오일이다. 심리적으로 모든 것을 소비한다고 느낄 때, 한계에 부딪혔다고 느낄 때 혹은 다른 사람이나 주위의 환경으로 인하여 지극히 힘들다고 느낄 때 유용한 오일.

21. 네롤리/오렌지꽃(Neroli)

- **학 명** | Citrus aurantium var. amara
- **과 명** | Rutaceae
- **원산지** | 인도네시아
- **추출방법** | 냉침법, 수증기 증류법
- **추출부위** | 꽃잎
- **색과 향** | 신선하고 달콤한 오렌지향
- **주성분** | 모노터핀(monoterpenes)[하이드로카본 Hydrocarbons], 리나룰(linalool)[알코올 Alcohol]
- **특 성**

  이탈리아 공주의 이름을 따서 지어졌다. 모든 타입의 피부에 적합하여 피부의 탄력증가와 피부재생을 도와주기 때문에 화장품 원료로 사용된다. 설사에 특효가 있으며 임산부에게도 안전하게 사용할 수 있다. 약간의 광감성이 있으므로 사용 후 일광에 노출되지 않도록 주의해야 한다. 진정작용과 긴장완화에 특효가 있어 신경정신과 질환 치료에 사용될 수 있다.

- **약리기능**

  진경작용, 방부성, 진정작용, 항박테리아, 방부, 긴장완화, 항우울, 항불안, 항감염, 항기생충, 경도의 최음, 세포재생촉진, 탈취, 소화촉진, 신경

강화, 강장, 자궁강화의 기능이 있다.
- **적용**

  정신/신경계/소화기계

  만성설사, 우울증, 피로회복, 불안해소, 불면증, 과민성대장증상, 헛배 부름, 신경성 긴장, 두근거림, 쇼크, 피부관리, 정맥류, 고혈압, 치질, 소화장애, 건성, 민감성 피부, 두통, 스트레스

- **심리적 효과**

  각종 심리적인 불안증 특히 현실에서 무엇인가 결정하고 앞으로 나아가야 할 때 생기는 불안증에 도움을 주는 오일.

위에 기술된 내용 중 아로마 에센셜 오일과 캐리어 오일에 대한 출처 및 참고문헌은 다음과 같다.

1. 아로마테라피 완전정복, 유강목 저, 2021. 부크크
2. 아로마테라피 텍스트북, 유강목 저, 2006, 크라운출판사.
3. 아로마테라피로 뭘 치료해 볼까? 축농증, 중이염, 비염. 유강목 저, 2003, 엔디.

* 저자들이 실제 향수병으로 다양한 아로마 에센셜 오일들을 사용하여
음계에 맞춰 아로마 블랜딩을 시행한 사진들

참고자료

의사의 향기
아로마테라피 향수의 비밀

초판 발행 2021년 9월 24일

지은이 유강목, 김선홍, 김성헌
펴낸이 방성열
펴낸곳 다산글방

출판등록 제313-2003-00328호
주소 서울특별시 마포구 동교로 36
전화 02-338-3630　070-8288-2072
팩스 02-338-3690　02-6442-0292
이메일 dasanpublish@daum.net
　　　　iebookblog@naver.com
홈페이지 www.iebook.co.kr

ⓒ 유강목, 김선홍, 김성헌, 2021, Printed in Korea

ISBN 979-11-6078-224-0 03810

* 이 책은 저작권법에 의해 보호받는 저작물이며, 저자와 출판사의 서면 허락 없이
  내용의 전부 또는 일부를 인용하거나 발췌하는 것을 금합니다.
* 제본, 인쇄가 잘못되거나 파손된 책은 구입하신 곳에서 교환해드립니다.
* 책값은 뒤표지에 있습니다.